은톨이 엄마들의 해방일지

은둔형외톨이 엄마들의
해방을 향한 무한도전

은톨이
엄마들의
해방일지

한국은둔형외톨이부모협회
주상희 대표 외 8명 지음

도서출판
수류화개

보다 든든하고 의지할 수 있는
부모가 되기 위해 불안을 내려놓아야

유승규 대표
안무서운회사 대표

10년, 많게는 20년 동안 장기 은둔한 자녀를 둔 부모님들을 여러 번 만나왔습니다. 30년 넘게 히키코모리 지원이 이어진 일본에 출장 갈 때마다 마치 비법이 있을 거라 스스로 단정지으며 비법을 캐내려 노력했습니다. 그러나 그렇게 대단하거나 특별한 비법은 발견하지 못했습니다.

다만 한 가지 중요한 사실을 알게 되었습니다. '너무 꽃다운 나이인데...' '저러다 건강을 해치면 어떻게 하지...' 걱정하는 마음이 불안으로 이어져 자녀를 압박했었는데, 부모님들이 자신의 삶을 잘 돌보고 긴 시간이 걸린다는 사실을 받아들이며 불안을 내려놓기 시작했다는 것을요. 부모가 불안해하면 자녀가 가장 먼저 알아차리고, 의지할 대상을 잃었다고 느낄 수 있습니다.

이 글이 자녀를 방치하라는 말로 들린다면 여러분은 여전히 불안한 상태일지도 모릅니다. 보다 든든하고 의지할 수 있는 부모가 되기 위해 불안을 내려놓아야 합니다.

한때 누군가의 왕자였고 공주였던 모든 부모님들이 이 책을 통해 스스로 먼저 해방되기를 바라고 응원합니다.

여러분이 공주로 대접받을 때야 비로소 여러분의 자녀도 왕자와 공주로 대접받고 세상에 나올 수 있을 것

김재열 대표

(사)사람을세우는사람들 대표, 한국은둔형외톨이지원연대 대표

더운 여름이 지나고 가을이 왔구나 했는데 벌써 가을이 지나가고 추운 겨울이 다가오고 있습니다. 어쩌면 우리보다 우리의 자녀들이 더 민감하게 변화를 신체적으로 혹은 정서적으로 많이 느낄 거라는 생각이 듭니다

우선 이렇게 한국은둔형외톨이부모협회에서 두 번째 책이 나오게 된 것에 축하와 응원의 박수를 드립니다. 책이라는 것은 지성과 감성의 종합 예술인데 벌써 두 번째로 책을 내셨다는 것은 주상희 대표님 이하 여러분들은 은둔형 외톨이 부모로서 혹은 작가로서 이미 전문가가 되셨다고 생각합니다. 책을 아직 써보지 못한 저로서는 부럽기까지 합니다.

이 책의 원고를 읽으면서 가장 눈에 들어온 것은 공주라는 단어입니다. 저희 9살짜리 딸에게 소원을 물어보면 언제나 나오는 말이 '무슨 무슨 공주'입니다. 어릴 적 누구나 꿈꿔왔던 소원이 공주일 것입니다. 공주는 한 나라의 왕과 왕비의 딸로 금이야 옥이야 길러지고 그 자체로 아주 귀중한 존재입니다.

은둔형 외톨이 부모이자 여러분들은 공주입니다. 충분히 사랑받고 존중받을 만한 존재입니다. 책에서와 같이 여러분이 공주로 대접받을 때야 비로소 여러분의 자녀도 왕자와 공주로 대접받고 세상에 나올 수 있을 것입니다.

여러분의 수고와 노력을 통해 우리 자녀들이 세상에 나와서 잘 살아갈 것을 예측하는 예언서를 세상에 나오게 해주셔서 감사드립니다. 책을 통해 세상에 나오지 못한 왕자와 공주들이 힘을 얻고 세상에 나올 것을 기대합니다. 다시 한번 축하와 감사한 마음을 전합니다

작은 물결이 큰 파도를 만들 수 있음을 알기에 엄마들의 도전에 무한한 지지

오상빈 박사
광주동구청소년상담복지센터장

《은톨이 엄마들의 해방일지》를 보면 엄마들의 고민을 볼 수 있습니다. 책 작업에 함께 하지 않았던 일반적인 엄마라도 이 책은 자녀를 바라보는 시각을 다각화할 것입니다. 자녀와 관계를 유지하는 데 어려움을 있는 그대로 표현한 것에서, 엄마 자신의 사고와 틀에서 벗어나려고 하는 과정을 보았습니다.

엄마들은 대부분 방에서 지내는 자녀를 보며 답답하고 아쉬웠던 순간들이 많았을 것입니다. 하지만 이렇게 엄마들이 모여 서로 공감 가능한 주제로 글을 쓰고 토론하면서 배우고 느낀 점을 책을 통하여 발표하는 것을 보면서 한국 은둔형 외톨이에게 더 큰 희망이 생겼습니다.

은둔형 외톨이 자녀의 현실적인 현상을 보았다면 이 모임과 작업으로 나를 보고, 자녀를 보며, 또 이면에 흐르는 감정과 과정, 관계를 찾는 모습을 새롭게 볼 수 있습니다. 부모들의 새로운 도전은 엄마 스스로 대안을 탐색하면서 시도하고 있다는 것에서 시사하는 바가 크다고 봅니다. 작은 물결이 큰 파도를 만들 수 있음을 알기에 엄마들의 도전에 무한한 지지를 보냅니다.

한 때 공주였던, 그리고 지금도 매우 소중하고
아름다운 어머니들께 깊은 존경과 감사의 마음을 드림

박대령 소장
이아당 심리상담센터 소장

우리는 준비가 되지 않은 채로 엄마 아빠가 됩니다. 아이들과 밥을 두고 벌어지는 실랑이에서 우리가 살아온 삶과 아이들이 처한 삶을 발견합니다.

자신이 무엇을 좋아하는지 모르다가 이제 조금 알게 되니 살 것 같다고 한 자녀의 말은 울림이 큽니다. 한때 아이였던 부모들은 부모들대로 살아남기 위해 애쓰고, 요즘 아이들은 아이들대로 사투를 벌이느라, 정작 내가 무엇을 좋아하고 원하는지 모르는 삶을 살아왔습니다. 그러다 이렇게 서로가 아픈 자리에서 비로소 우리가 원하는 것을 조금씩 알게 되고 찾아갑니다.

또 이렇게 자신들의 아픔과 배운 것들을 다른 분들에게 나눠주시니 뒤에 따라오는 분들이 얼마나 큰 도움을 받을까요. 한 때 공주였던, 그리고 지금도 매우 소중하고 아름다운 어머니들께 깊은 존경과 감사의 마음을 드립니다.

창의적인 방식으로 진솔한 자기 성찰과
일상의 재발견, 치유와 위로를 담아

서유지 소장
한국부모교육연구소 소장

자녀가 은둔형 외톨이가 될 것을 예상하고 준비한 엄마는 없습니다. 잘 자라서 독립하기를 바라며 키운 자식이 몇 년 동안 방 안에 있는 모습을 보는 엄마는 언어로 표현할 수 없는 크기와 깊이의 상실을 경험합니다. 상실은 이미 일어난 현실입니다. 어떻게 애도하고 다시 생명의 시간이 흘러가게 하는지가 중요합니다.

여기 가장 좋은 방법으로 상실을 애도하고 자존감을 높이는 작업을 하는 《은톨이 엄마들의 해방일지》가 있습니다. 창의적인 방식으로 진솔한 자기 성찰과 일상의 재발견, 치유와 위로를 담아냈습니다. 자녀와 자신의 삶을 총체적으로 바라보는 여성들의 기록을 귀하게 여겨주시고, 편안한 마음으로 읽어주세요.

이 책은 우리에게 애도를 통한 희망의 보편성과 자존감 향상을 위해 함께 힘을 내는 온기를 전해줄 것입니다.

누구나 한 때는 공주였던
나를 찾아 떠나는 시간

주상희
한국은둔형외톨이 대표

　어제 일 같습니다. 문을 걸어 닫고 동굴로 들어간 아들을 보며 사방팔방으로 뛰어다니던 시절이 있었습니다. 여러 기관에 도움을 요청하여 받았지만 정작 필요한 사항은 빠져 있었습니다. 다양한 이론을 공부하고 이유를 찾아다녔지만 아이는 나오지 않았고 저는 지쳐갔습니다.

　동굴로 들어간 아들을 보며 정작 필요한 것은 무엇인가? 늘 찾아다녔습니다. 어떤 말과 표정으로 자녀를 대해야 하는지? 그리고 나에게 건드려지는 '상처의 말'이 무엇인지 늘 생각했습니다. 그래서 얻은 결론은 무엇보다 부모인 나 자신의 '내면 아이 치유'가 필요하다는 것이었습니다.

'마음속에 묻어둔 상처를 꺼내어 애도의 시간을 보내지 않으면 애도되지 못한 감정들은 반드시 회귀한다.'는 말이 있습니다. 그 감정들은 충분히 기다려주고 위로해야 합니다. 더 이상 자책하거나 후회하지 않기 위해 자신의 상처를 보듬고 치유하는 과정이 필요하였습니다.

"당신의 잘못이 아닙니다."
"나에게도 치유 받지 못한 상처들이 있습니다."
"당신은 충분히 위로받을 수 있습니다."

우리 모두에게 전해주고 싶은 말입니다. 우리가 듣고 싶은 말입니다.

이 시대는 불안의 시대입니다. 뇌과학에서도 우울증이나 불안장애의 원인을 딱히 꼬집어 가정 안의 문제로 여기지 않습니다. 이 시대상의 문제입니다. 부모의 생물학적 유전의 원인은 30%이고 나머지는 전문가도 이유를 모르며, 단지 유달리 민감한 우리 자녀들이 온몸으로 받고 있다는 사실입니다. 마치 새장 속 카나리아처럼 세상을 향해 경고음을 울리고 있습니다.

삶이란 고통의 산을 넘어 지혜를 터득하고 살아내야 하는 것이 아닐런지요. 내가 선택하지 않았지만 고통이 나를 성장시키고 내면의 힘을 길러, 나와 나의 주변 사람들을 더욱 사랑하게 하는 과정이라고 생각합니다.

여기에는 그동안 잊고 살았으며 나 자신조차 상처로 인식하지 못했던 날들을 조심스럽게 꺼내놓았습니다. 자신의 이야기를 통해 치유되지 못한 상처를 스스로 토닥이며 성장해가는 공주님들의 마음을 담았습니다. 누구나 한 때는 공주였던 나를 찾아 떠나는 시간이었습니다. 지금은 비록 공주가 아닌 아줌마의 모습이지만 공주의 마음을 간직하고 싶어 그리고 썼습니다. 서툴고 미숙해도 공주를 기억하기엔 충분한 시간이었습니다. 혹시 잃어버린 자신을 찾고 계시다면 함께 하시길 바랍니다.

이번 책은《나는 은둔형외톨이 엄마입니다》에 이은 두 번째 작품으로《은톨이 엄마들의 해방일지》입니다. 부모의 자존감 회복과 내면 아이를 치유하는 길을 함께하고자 이 책을 펼쳐 냅니다. 함께 한 우리 공주님들께도 감사와 사랑을 전하며 먼 곳에 계시더라도 당신의 존재와 선택에 따뜻한 마음을 전합니다.

공주들의 마음을 대신해
해방의 순간을 전합니다

오수영

협회 회원

이 책은 은톨이 부모들의 성장 과정을 보여주는 고군분투기입니다. 지금은 아내이고 엄마지만 공주로 태어난 그때를 기억하고자 했습니다. 잠시 어떤 이유로 은톨이 부모가 되었지만 한없이 우울하지만은 않습니다. 누구나 힘든 시간이 있고 그로 인해 성장하는 계기를 마련하고자 글쓰기를 했습니다.

작년에 이은 두 번째 성장프로젝트로 그림과 글쓰기를 통해 성장일지를 썼습니다. 잃어버린 시간을 찾아 떠나는 길에 나의 어린 공주도 만나고 그 기억을 그림으로 그려보았습니다. 엄마들은 서툴러서 부끄럽지만 용기를 냈습니다.

책은 1부와 2부로 구성했습니다. 1부 〈공주들의 해방일지〉는 꽁꽁 숨겨 두었던 내면 아이를 만나 그린 그림과 글이며, 어렵고 아팠던 기억조차 받아들인 공주들의 경험을 담았습니다. 2부 〈은톨이 엄마들의 인터뷰〉는 현실의 내가 느끼고 살았던 경험을 이야기로 기록하였습니다. 무척 소중한 경험이고 용기있는 이야기라 엮으면서도 감동을 받았습니다.

어떤 삶도 허투루 볼 것이 없었습니다. 모두 소중하고 가슴 아픈 우리들 이야기였습니다. 힘들고 못난 기억이어도 솔직한 모습이라 더 공감될 것입니다. 혹시 힘을 낸 것이 이 정도 밖에 안되냐고 묻는다면 현실은 더 큰 용기이고 아름다운 성장이라 자신할 수 있습니다. 아픔은 누구도 대신할 수 없습니다. 각자 자신만의 색깔로 아픔을 겪고 계실 테니까요. 여기 은톨이 부모들이 겪고 있는 다양한 아픔을 엿보고 힘든 시간을 견뎌내는 방법도 배우며 함께 응원 부탁드립니다.

공주님들 이름은 자신만 기억하기로 했습니다. 대신 그때 그리지 못한 그림을 마저 그려보았습니다. 부족한 그림은 글쓰기로 메꾸려 했는데 어떨지 잘 모르겠습니다. 적어도 함께 이야기 나누고 글 쓰는 시간은 행복했다 말씀드릴 수 있습니다. 수업을 시작할 때면 피곤하고 지친 모습이었지만 끝날 때쯤이면 다들 밝은 표정과 웃음으로 마무리하곤 했습니다.

3개월이란 시간동안 공주님들은 잊었던 나를 찾아 만나고 보듬는 경험을 하였습니다. 혼자의 경험이지만 함께하니 다양한 추억이 되었습니다. 때로는 숨기고 싶었던 이야기였지만 돌아보니 귀하고 소중한 경험이었다는 것을 깨달았습니다.

글쓰기라는 단순한 작업을 통해 특별한 시간을 가지게 된 것 같습니다. 혼자 있으면 찾아가기 힘든 어린 시절의 나를 만나, 안아주며 해방의 기쁨도 느꼈습니다. 그때 만났던 친구를 기억하고 고마움을 전했습니다. 부모님 이름을 그리면서 힘들었던 나를 위로하고 용서하기도 했습니다. 단편적인 기억을 통해 어린 나를 소환하여 위로하고 격려하는 시간도 가졌습니다. 이 여행길에는 힘든 시간도 있었고 행복했던 시간도 있었지만 모두 담담하고 용기있게 마주하는 모습을 보니 내적 성장도 이룬 것 같습니다. 어리고 여린 공주만 생각했는데 막상 수업에서 만난 공주님들은 무척 발랄하고 순수하고 예뻤습니다.

하지만 현실의 부모님들은 가끔 용기도 씩씩함도 잃어버렸습니다. 은톨이를 부끄러워하고 세상이 무너질 것 같은 감정에 휘둘려서 말입니다. 이제는 은둔이란 의미를 바꿔볼까 합니다. 힘든 삶을 재생하는 모습이 은둔으로 보일 수 있고, 아이들 나름 살아내려고 노력하는 시간인데 어른들과 사회가 기다려주지 못하는 것도 있는 것 같습니다. 돌아가고 느리고 흔들려도 아이들의 성장을 지켜볼 용기있는 부모가 필요합니다. 그래서 은톨이 부모란 말이 부끄럽지 않습니다. 우리는 기다릴 준비가 되었기 때문입니다. 서툴지만 우린 부모니까요. 그런 마음을 배우고 키우는 시간을 여기에 담고 싶었습니다.

참여한 공주들을 소개합니다. '씩씩하고 용감하지만 여리고 가녀린 소심덩어리 공주, 낯가림이 있으나 실행력 강한 마음만 공주, 잘하는 것도 좋아하는 것도 많은 모르는 척 공주, 큰 언니지만 가장 소녀소녀

한 웃는 공주, 보이지 않게 일도 잘하고 예쁜 시크한 공주, 다정하고 인정 많은 어리버리 공주, 일도 공부도 열심히 잘하는 열정 공주, 조용하고 차분해서 인기 많은 공주'가 참여하였습니다.

공주들의 멋진 모습과 사랑스런 얘기를 다 담을 수 없어서 아쉽고 죄송합니다. 자세한 소개는 만나서 나누고 싶습니다. 힘든 시간을 견디는 중이지만 더 멋진 것 같습니다. 최대한 함께 나누고 배우고 성장한 모습을 보여드리고자 노력했습니다.

부족하지만 더불어 나누고 싶은 마음에 참여한 모두는 행복했을 거라 믿습니다. 바쁜 시간과 힘든 상황 속에서도 함께 해주신 공주님들에게 다시 한 번 감사한 마음을 전합니다. 무한한 지지와 응원을 보내주신 회장님과 협회 회원들과 은톨이들에게 사랑을 전합니다. 부모협회는 무한한 봉사와 나눔이 필요한 단체이기에 마음을 나눌 수 있는 이런 자리가 의미있고 소중한 것 같습니다.

이제 무엇에 갇혀 있는지도 모를 답답함에 힘들어하는 우리들의 해방을 선언합니다. 지금도 충분히 멋지고 괜찮다고 말하고 싶고, 이런 기회를 준 부모협회의 발전을 응원합니다. 지금도 세상 어디에서 혼자만의 섬을 만들고 있을 많은 분들에게 공주들을 대신해 해방의 순간을 전합니다.

1부

공주들의 해방일지

공주들의 해방일지는 공주였던 엄마들의 삶을 돌아보고, 다양한 종류의 그림과 글을 요리해서 차려낸 마음밥상입니다. 푸짐하게 차린다고 차렸지만 마음해방이란 게 함부로 되는 게 아니었습니다. 시간을 두고 마음을 다듬고 볶아도 싱거운 게 있었고, 간은 적당했지만 제맛이 안나는 경우도 생겼습니다.

몇십 년을 차려도 완벽한 밥상이란 없었는데 갑자기 차리려니 두서도 없고 눈길 가는 음식도 모르겠습니다. 의욕이 있거나 재료가 싱싱하다고, 또는 그릇이 예쁘다고 맛있는 밥상이 되는 건 아니었습니다. 그저 가진 재료로 부족하게 차렸던 가벼운 밥상이 참 좋았습니다. 가족의 웃음과 사랑이 최고의 조미료였다는 걸 지금에 와서 깨닫습니다.

이제는 가족이 다 함께 식사할 기회가 드뭅니다. 다 큰 아이들을 보니 좋은 밥상이란 식탁 위의 음식만이 아니라 눈맞춤과 미소였다는 걸 알았습니다. 그냥 바라봐 주면 되는 것도 내 역할이었는데... 시간이 지나고서야 이렇게 알게 됩니다.

내 가족만 챙기느라 놓쳤던 부모님에 대한 마음도 찾아냈습니다. 지난 시간이면 다 좋을 것 같아도 여전히 아픈 마음이 남아 있었습니다. 짧은 시간동안 부모님을 이해하고 용서하려고 애썼습니다. 그땐 부모님도 처음이니까요.

지금의 우리도 자녀를 돌보며 느끼는 심정입니다. 이제 어리석은 나를 기억해보니 용서가 필요했습니다. 나부터 용서해야 부모님도 용서할 수 있으니까요. 이렇게라도 부모님을 만나고 힘든 기억들을 사랑하게 되어서 다행입니다.

이런 작업들이 해방의 기회가 되어 삶은 조금 넉넉해지리라 믿습니다. 꽉 막힌 마음을 열다 보면 곧 해방될 날도 오겠지요. 차린 건 없지만 정성껏 준비했으니 편하게 봐주시길 바랍니다.

1.
나는
공주랍니다

태어나서 공주로 불리던
사랑스런 눈빛과 환한 미소를 기억하시나요?
공주였던 사실을 잊고 살았거든요.
나를 공주라고 부르던 부모님도 안 계시니
공주로 살던 그 때를 잊었습니다.
하지만 늦었다고 할 때가 가장 빠른 때라죠?
오늘부터 공주였던 사실을 기억하렵니다.
까만 머리카락 위 왕관과
분홍색 드레스에 반짝이는 여의봉,
유리구두 신은 나를 만나러 갑니다.

공주로 살아도 별일 없겠지요.
뭐 그래도 괜찮습니다.
나처럼 공주란 걸 기억하는 우리들이 있으니까요.
공주처럼 예쁜 말을 하고 공주처럼 우아한 미소를 짓고
공주처럼 순수한 마음을 가지면 되잖아요.
오늘이 얼마나 남았는지 모르지만
'공주'임을 선언하며 나를 그려봅니다.

소심덩어리 공주

나는 소심덩어리 공주
마음이 예쁜 공주
목소리 큰 공주
겉모습보다 내면이 단단한 공주.

 마음만 공주

꿈은 이루어진다
마음에 품으면
언젠가는 이루어지겠지?

 모르는 척 공주

구석에서 나지막한
목소리가 들려왔다.

"사실은 .... 나도 그래."

내 작은 가슴을 짓누르는 걱정거리,
'모르는 척' 하지 말고 소리내어 말해 봐.

"무서워요! 슬퍼요! 화가나요! 내 마음을 알아줘요!"

 웃는 공주

화가 나서 웃는다.
슬퍼도 웃는다.
마음 편하게 웃는다.
끝까지
웃는 거다.

 시크한 공주

공주는
무겁고 긴 머리카락을 가졌다.
그 무게에 눌려
숲을 달려가지 못한다.
머리카락이 발목을 휘감아
힘들어하지 않을까?

어리버리 공주

현명하거나 똑똑하진 않지만
얼렁뚱땅 인생을 잘 살고 있는,
핑크색을 좋아했고 지금도 좋아하는,
언젠가
머무는 곳 모두를
핑크로 물들이고 싶은 공주.

2.
공주에게
소중한 것입니다

세상에서 가장 소중한 것은 무엇일까요?
무엇을 정하든 시간이 흐르면 바뀔 수 있지요.
하지만 지금 소중해야 영원히 소중한 것 같습니다.

지금 사는 집도 좋지만 시골집이 그립고
빨간 스포츠카가 부럽지만 지금 타는 차가 고맙지요.
사진 속 멋진 물건보다 내가 가진 게 더 소중합니다.
내 것에는 이야기가 들어 있으니까요.
물건에도 시간이 쌓여 정이 들었답니다.

속상한 마음에 혼자 걷던 그 길이
상상이지만 행복한 순간이 담긴 그 때가,
현실보다 조금 더 아름다웠던 그 순간이,
사랑하는 사람들과 함께했던 그 곳을
모두 그려봅니다.

소소하고 평범하지만 우리에게 소중한 이유는
서로에게 길들여진 탓이겠지요.
그걸 사랑이라고 부르는 데 동의하시나요?

 거실

음악이 흐르고
구름이 산 위에 걸쳐진 풍경이 보이는 곳,

편안한 의자에 앉아
따뜻한 차를 마시며
책을 읽는 나의 노후.

 목걸이

예쁘고 화사한 목걸이!
쇠골이 드러난 가늘고 하얀 내 목에 걸고 싶다.
진주가 반짝이는 보석을 나에게 선물한다.

 전원주택

전원주택에서 가족과 함께 즐겁게 살고 싶다.
남편과 건강하게
좋은 공기와 함께.

자동차

꿈은 현실이 된다
23년 운전하고 1년을 쉬어보니
자동차가 곧 나의 발이었음을 깨닫는다.
나만의 세컨하우스고 뮤직홀이었다.
나의 도피처였고 아지트였는데
그가 멈춰버리니 자존감도 지하로 내려갔다.
나의 두 번째 안식처.

 이층집

예쁜 이층 단독주택에서
이웃집 사람들과 소통하며 즐겁게 살고 싶다.

첫차

나의 첫차 붕붕이
내 인생의 두 발이 되어주는
친구 붕붕이
오래오래 아껴줄게.

3.
공주와 함께하는
물건입니다

사람과 사람이 친할 때가 있고
사람과 사물이 친할 때도 있습니다.
오래 만났다고 다 소중할 수는 없지요.
돌보고 가꾸어 성장하는 관계도 있습니다.
어린 시절 골목에서 들리던 노랫소리가,
흔하지만 예쁜 꽃을 보듬은 그릇이,
사람의 손길에 온기를 느끼던 물건이,
사랑을 아는 초롱초롱한 눈망울이,
우리를 견디게 했습니다.

혼자 걸어가던 그 길에서
무심히 말 걸어주고,
숨어서 울던 내 옆을 지켜주고 손잡아 주던
그들이 있어서 살았습니다.
함께 살아온 시간이 쌓이고 친해진
특별한 물건들을 그려봅니다.
서툰 그림에 다 담을 수는 없겠지만
모자란 부분은 마음에 담겠습니다.

 분홍의자

엄마에게 예쁜 의자를 선물해 드렸다.
식탁과 함께 화장대 앞 분홍색 공주 의자를.
80세 엄마가 너무 소중히 여긴다.
엄마에게도 나만의 의자는 처음인 듯 싶다.

집에 와서도 포근한 의자가 눈에 아른거렸다.
'나도 하나 살 걸 그랬나?'
일상이 바쁘다보니 시간이 또 지나갔다.
친정에 가면 분홍색 엄마의자에 앉아본다.
마음의 짐과 걱정거리도 의자에 내려 놓는다

 귀욤이

솜이야.
우리 집에 와서 지낸지 1년이 넘었구나.
나에게 위로와 희망을 준 너에게
항상 고마움을 느낀단다.
무심한 엄마에게 언제나
반갑게 꼬리 흔들어주는 솜이.
고마워!

 여행가방

매일 가방을 끌고
여행을 떠나는
꿈을 꾼다.

캐리어에 나를 싣고
휴양지를 찾아가
힐링을 하고 싶다.

 반려견 아리

오늘도 네 덕분에
같은 시간에 일어나 산책을 한다.

무겁고 어지러운 마음이
네 눈을 보면 맑아진다.

따뜻한 네 온기에
오늘도 포근한 하루를 마무리 한다.
고맙다, 아리야!

 라디오

음악을 좋아하는 내게 라디오는 최고의 보물이다.
학교 갔다가 집에 오면
제일 먼저 하는 일이 라디오를 켜는 것이었다.

사람들의 다양한 사연을 듣고
여러 장르의 음악을 들으며
상상의 나래를 펴고 꿈을 꾸었다.

슬플 땐 위로가 되고
기쁠 땐 춤추게 만드는
나의 베스트 프랜드다.

엄마의 화분

엄마가 돌아가시고
몇 개의 화분을 집으로 가져왔다.

어느 날 보니 누렇게 말라 있었다.
화초는 다 죽고 유일하게 하나만 남았다.
죽었나 싶은데 물을 주니
다시 파란 싹이 올라왔다.
또 예쁜 꽃을 피웠다.

이 화분은 남아서
잊고 지내던 엄마를
불쑥 기억나게 한다.

 묵주

항상 몸에 지니는 묵주!
기쁠 때나 슬플 때나
곁에 있어 주세요.

묵주기도가
저의 모든 생각
거두어 주시길
기도 드립니다.

숙면

나의 숙면을 도와주는 너.
너의 부드러운 촉감
너구리 쿠션.

앞으로도
갱년기 불면증 좀
가져가 줘~~
내가 많이 예뻐해 줄게.

소울메이트

준이야.
너는 어느 나라에서 왔니?
지그시 나를 보는 네가 좋아.
넌 말없이 나를 기다리지.

가끔 내가 묻잖아.

"원하는 게 있니?"

4.
공주의 친구를
소개합니다

세상 가장 여린 곳에서 만났습니다.
서툴고 찌질한 모습부터 중년까지
친구에게 줄 수 있는 건 순수한 마음입니다.

빛바랜 사진첩에서 어깨동무하고
울긋불긋한 꽃나무 곁에서 나란히 서고
바람이 불면 싱숭생숭한 마음에 만나고
꽃이 피면 꽃구경 가자고 만났어요.
맛있는 음식도 먹으러 다녔답니다.

행복한 시간을 추억하려고 만난 친구
가장 많이 나눈 건 너무 많은 수다였어요.
나를 있는 그대로 인정해주던 산 같은 사람.
많은 사랑을 받아서 늘 고맙고 미안한
내 친구를 이제야 그려봅니다.

"친구야! 보고싶다."

 현주야

　오늘은 급하게 헤어지는 바람에 인사도 제대로 못했네. 돈 없던 학창 시절 우린 항상 값싸고 양 많은 걸 좋아했는데, 비싼 점심을 얻어 먹어서 그런지 맘에 걸린다. 낯선 건물 안에서 에스컬레이터를 눈앞에 두고도 반대편으로 뛰어가는 네 모습을 보니, 항상 길도 모르면서 신호등만 보이면 막 뛰고보는 나를 보는 것 같아 한참 웃었다.
　현주야!
　변함없는 모습으로 있어줘 정말 고맙다. 이리저리 날뛰는 나에게 넌 언제나 넉넉한 그늘과 기댈 수 있는 자리를 내주는 한 그루 느티나무 같아.
　항상 고맙고 사랑한다.
　이제 나도 너처럼 누군가를 지지해주고 싶다.

옆집 언니 채화

기쁠 때나 슬플 때나
언제든 전화해도
반갑게 받아주는 친구같은 언니.
서로에 대해 너무 많이 알아서
한때는 거리를 두기도 했지.
'소중하기에 더욱 잘 해야 하는데...'
이번 주에는 설산에 가기로 했지.
앞으로도 우리
더 좋은 추억 많이 쌓아야지.

신바람 친구

27년 지기, 내 친구 신용선.
별명은 신바람,
항상 신나고 바쁘고 유쾌하다.
오랜만에 연락해도 어제 만난 듯
늘 반갑고 씩씩하다.
피부에도 관심이 많아
아들 결혼식을 앞두고
피부 관리를 받았다.

"네가 시집가니? 너무 예쁘면 곤란해."

아들 결혼식, 화사한 모습으로
하객들을 반겨주던 너.
나이 들어도 그 아름다움 간직하시길.

박미려 언니

옛날이나 지금이나
한결같은 마음 감사합니다.
오래오래 건강하게 지내요.
좋은 곳, 좋은 음식, 좋은 생각만
하라는 말 새겨 듣습니다.
앞으로도 좋은 곳 많이 다니며
즐겁게 지내요.

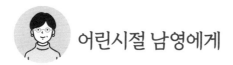

어린시절 남영에게

30년이 흘렀네.
사소한 다툼으로 연락이 끊기고
이제 중년이 되었어.

요즘도 네 생각 가끔 해.
학창시절 서로의 집에서 밥도 먹고
매일 붙어 다녔는데...

지금은 너도 한 아이의 엄마가 되어
하루하루 바삐 살고 있겠지.
넌 온화한 성격이라
행복한 가정 잘 꾸리고 있을 거야.

이제 나이가 있으니 건강 잘 챙기고
행복하게 지내길 바란다.
안녕~~

갈래머리가 예쁜 단짝

초·중·고를 함께 했던 성당 친구!
동네 어른부터 후배들까지 모르는 사람이 없었지.
사람들에게 친숙한 모습이 부러웠어.
난 머리숱이 적어 항상 단발머리였지.
친구는 머리숱도 많아 양갈래 머리도 예뻤어.
친구가 하는 많은 것들이 나에게는 자극이 되었어.
함께 모임도 하고 졸업해서도 같이 놀았잖아.
귀도 뚫고 운전 면허도 같이 따고.
결혼할 땐 날 제일 걱정해주던 친구!
지금도 친구들 모임이 이어지도록
소식을 전하고
모임을 주선하는 고마운 친구!
넌 항상 내곁에 있어.

고교 동창

고교 동창, 윤숙이!
자주 연락하지는 않지만
40년이 넘어도 그립다.
인생의 무게는 비슷할 거라
말은 하지 않지만
눈빛으로 토닥여준다.

"친구야, 그동안 애썼어.
넌 참 잘하고 있어!
네 탓은 아니지만
그래도 네 몫의 인생값은
잘 치르고 있어."

5.
공주가 즐겨 먹던
음식입니다

음식이란 말에는 사랑과 애틋함이 담깁니다.
엄마가 되고보니 음식은 숙제같아요.
처음에는 생존을 위해 요리했고
점점 재미도 느껴 맛있게 요리하던 시절도 있었어요.
무슨 재료든 하하호호 행복하게 만들었지요.

언제부턴가 음식은 현실을 나타냈어요.
힘든 아이를 위로하는 기회도 되고
삭막한 집안 분위기도 따뜻하게 만들어
음식 냄새가 집안 분위기를 바꾸는 것도 경험했습니다.

살면서 행복했던 시간은 음식을 나눠먹던 그때였어요.
혼자먹으면 가질 수 없는 포만감과
둘러앉아 나눠 먹던 한 끼가 소중했습니다.
흔한 음식이라 더 따뜻하고 정겨운
그 때의 음식을 맛있게 그려봅니다.

 어묵탕

분식집에서 떡볶이 순대 시키고
서비스로 어묵탕 국물을 먹다가
한 꼬치 꼬불이 어묵을 먹었다.

무를 듬성듬성 썰어 넣어
푹 끓여진 국물.
추위를 녹여주는 모듬 어묵탕.

골라먹는 재미에 한 개를 더 먹는다.
얼큰한 국물에
작은 행복을 느낀다.

 온가족 피자

피자 한 판에 온가족이 모였다.
동그란 피자를 사이좋게 나눈다.
서로 싸울 일이 없다.
자기 몫만 먹으면 그만이다.

치즈의 고소함과
도우의 폭신한 식감에
야채 싫어하는 아이도
불만이 술술 넘어간다.

저녁 한 끼가 해결된다.
두둑한 배만큼 행복도 불룩하다.

 볶음밥

아이들 어릴 땐
퇴근하고 오면
볶음밥을 자주 해주었다.
솜씨가 없어 다양한 음식은 해주지 못했다.
아이들이 컸을 땐
먹고 싶은 게 뭐냐고 물으면
'볶음밥'이라고 했다.
다양한 음식을
해주면 좋았을 텐데...
미안한 마음이 남는다.

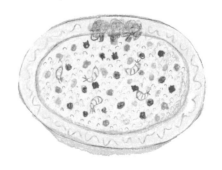

 총각김치

오래전에 총각김치를 담그고 있는데
책 판매원이 왔다.
그날따라 김치가
보기에도 엄청 맛있게 된 것 같았다.
저녁 때였는데 책 판매원에게
흰쌀밥에 총각김치를 대접 못한 것이
마음에 걸린다.
그 시절로 돌아간다면
그분에게 대접하고 싶다.
지금도 총각김치를 담그면 가끔 생각이 난다.

 잡채

가끔 잡채가 먹고 싶다.
예전엔 손이 많이 가서
손님 대접할 때만 만들었다.

지금은 당면을 물에 불려놓고
야채만 있으면 간편하게 만들어 먹는다.

자주하는 데는 다른 이유도 있다.
아들이 좋아하기 때문이다.
별다른 반찬이 없을 때
잡채밥으로 잘 먹는다.

6.
공주의 부모님께
사랑을 전합니다

부모님을 생각하면 벌써부터 목이 메입니다.
더운 여름날, 부채질 해주시던 거친 손과
다 식은 군고구마를 사다주시던 모습.
부족한 살림살이로 힘들어 하시던
젊은 날의 부모님을 기억합니다.
물론 기억하기 싫을 때도 있었지요.

결혼을 하고 나이를 먹고 보니
부모님이 이해되고 안쓰러운 마음도 듭니다.
자식들 공부시키고 시부모님 모시느라
거칠고 무뚝뚝한 모습만 보여주신 아버지,
허물도 사랑으로 덮어주신 어머니!
그 아름다운 이름을 그려봅니다.

'언제까지나 당신을 사랑합니다.'

아버지

어릴 적 숙제를 할 때면
아버지가 웃으며 도와주셨다.
즐거운 추억은 그것 뿐이다.
오랜 시간을 투병하시고
생명 연장치료는 포기했다.
마지막 모습은 병원에서다.

엄마

혼자 계신지 20여년
이젠 많이 외로우신가 보다.
쓸쓸하다고
심심하다고
아프다고
자식들에게
전화하시는 우리 엄마!

아버지

평생을 백수로 살다 가셨다.
술을 마시면
밤새도록 잔소리하며
엄마와 싸웠다.
어린 시절을 그렇게 보았다.

엄마

내 나이 스물에 돌아가셨다.
가정적이고
가족에게 헌신만 하셨는데.
그 집이 싫어
나는 남편과 급하게 결혼을 했다.
그전에는 엄마가 불쌍했지만
지금 생각하면 싫다.
나에게 너무 많은 짐을 지워줬다.

위옥님
문영근

아버지

최선을 다해
후회없이
걱정없이
멋있게 사셨던
나의 아빠!

엄마

조근조근
행복과 꿈을 찾아
여행하시는
꽃보다 청춘이다.
오늘이 가장 젊은
우리 엄마!

엄마

단발머리 소녀가
60세가 되시던
그때가 떠 오른다.
이제
나도 그 나이가 되었다.

아버지

중절모가
너무 멋졌다.
아버지의 무릎에 앉아
아버지가 주시는
계란말이를
잘도 받아 먹었다.

아버지 어머니

꽃봉오리처럼 예쁘다고 외할아버지께서
엄마에게 지어주신 이름 화봉!
피부가 백설기 같다던 아버지 오병진님.
젊고 아름다운 시절의 두 분 모습이
기억속에서 가물거린다.

흐드러지게 핀 백양사 벚꽃나무 아래에서
두 분이 다정하게 찍은 사진.
아버지는 멋지게 양복을 입고
엄마는 벚꽃처럼 고운 한복을 입으셨다.

과묵하고 표현력 약한 아버지는
60년을 함께 산 엄마를 먼저 떠나보냈다.
그 빈자리가 쓸쓸했다는 걸
나는 뒤늦게 짐작해 본다.

이제는 두 분이 하늘나라에서
화사하게 웃으며 찍었던 사진처럼,
그때 모습으로 재회하셨기를 소망해본다.

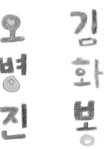

엄마

언덕길에서 굴러떨어지는
짐수레를 잡으려다
손마디 잘려나간 울 엄마.
억척같던 울 엄마.
이젠 흘러간 노래 흥얼거리며
지난 기억만 부여잡은
나의 엄마. 사랑해.

아빠

엄하셨지만 매일 밤
연필 세 자루를 가지런히 깎아
필통에 넣어주셨던 울 아버지.
불의의 교통사고로
말 한마디 못 남기고 돌아가셨지.
아버지도
세상에 하고 싶은 말 많으셨을텐데...
고생 많으셨어요.
나의 아버지.

꽃아버지
막걸리 한 잔,
오로지 집,
평생 한 여자 뿐,
하지만
나에겐
고통이었다.

엄마
행복하지 않은 여자
그래서 화가 난다.
자유를 갈망한
그녀도 소녀였다.
꿈 많은
뷰티풀 여인.

7.
공주가 좋아하는
색입니다

좋아하는 색과 즐겨 찾는 색은 다른 것 같습니다.
옷장의 옷은 대부분 칙칙한 색입니다.
흑백이 분명한 성격도 아닌데
눈에 띄는 밝은색은 별로 없어요.
안정적이고 무난한 색의 옷들만 입고 삽니다.

울긋불긋이 울퉁불퉁으로 보일까봐,
진하면 주위와 섞이지 못할까봐,
너무 밝은 색은 눈에 띌까봐,
다양한 이유로 좋아하는 색은 숨겼습니다.

하지만 이제는 선명하고 밝은
색과 친해지려 합니다.
내가 밝아지는 만큼
아이도 밝은 곳을 찾을 테니까요.
그래서 좋아하는 색을 맘껏 칠해봅니다.

노란 병아리와 목련꽃

지금은 사라졌지만
어린시절 학교 앞에서
샛노란 병아리를 파는 할머니가 계셨다.
조그마한 솜털이 보송보송한 병아리들
작은 상자에서 서로 엉켜
"삐약삐약" 거렸다.
엄마를 찾는 것 같아
차마 살 용기는 없었다.

봄이면 가끔
그때 생각이 파노라마처럼 스친다.
조금 있으면 목련꽃이 필 것이다.
목련의 뽀얗고 노르스름한
잎이 보고싶다.

봄

나무에 물이 오르면
파릇한 새싹이 예쁘다.
지나간 청춘이 다시 오는 느낌이다.

인생에도
봄이 오고
청춘도 다시 시작되는 것 같다.

봄은 축제다.
내 인생도
축제처럼 살다 가고 싶다.

 너의 우주

온 우주가 나를 도울 거야.

우주가 돕는다는데
안 이루어질 일은 없잖아!
하늘의 파란 기운이
내 몸을 감싸고
축복 은혜 은총을
내려줄 것을 믿어.
나는 멀리, 넓게 내다볼 거야.

네가 아기였을 때
나는 너의 우주였지만
너를 제대로 품어주지 못했어.
미안해!
지금이라도 너의 우주가 될 게.

 여행

얼마 전, TV 여행프로에서
하늘 아래 제일 가까운 마을이 나왔다.
(그만큼 땅에서는 높다)

그 마을에서 본 하늘빛은
파란 물감을 칠한 듯
아무 것도 없이 깨끗했다.

가슴이 다 맑아지는 듯
높고 푸른 하늘!
그 마을로 여행을 가고 싶다.

 보리밭

추운 겨울 얼었던 땅속에서
새싹이 돋아나고 있다.
어리고 순한 연둣빛깔이
수줍게 얼굴을 내밀며
환희에 찬 미소를 보여준다.

"봄아 기다렸어. 안녕?"

비바람과 추위를 견디고
이제는 따스한 햇빛과 희망을 꿈꾸며
기다려본다.
싹이 자라고 잎이 울창한
초록이 풍성한 들판에 서서
출렁이는 물결을 바라다본다.

8.
공주에게 의미있는
숫자입니다

여러분은 어떤 숫자를 좋아하나요?

0부터 9까지 다양한 숫자들은

우리의 삶에 의미를 부여하고 있습니다.

살아온 날들에 변화를 주고

꼭, 그날이어야만 되는 날!

흔들리는 나를 잡아주던 숫자로 존재합니다.

인생에서 1이라고

다 좋고 나쁜 게 아니었습니다.

어떤 조합의 숫자는

내게 가장 좋은 날로 남았습니다.

어떤 수는 성장하는 단계를 나타내고

어떤 수는 함께해서 즐거운 추억을 만들고

어떤 수는 나를 일으켜 세웠습니다.

앞으로도 많은 날의 숫자를 만나겠지만

지금까지 감사했던 그날을 숫자로 그려봅니다.

26

늘게 결혼할 거라 생각했는데,

엄마 될 준비도 되지 않았는데,

스물 여섯에 첫 아이를 낳았다.

인생을 돌릴 수 있다면

첫 아이를 축복된 마음으로 다시 맞이하고 싶다.

하지만 돌릴 수 없기에

나는 오늘부터 아이와 1일, 축복 시작이다.

30

접었던 대학의 꿈을 시작했다.

대학생활은 행복했다.

내 인생의 황금기다.

더불어 운전도 시작해서 훨훨 날았다.

자아도 찾고, 하고 싶은 공부도 하고

온전히 나를 위한 시간이었다.

39

혼자 떠난 여행의 시작점이다.

이후 많은 나라를 다녔다.

내가 좋아하는 것과

추구하는 것이 무엇인지

또 다른 꿈을 꾸기 시작한 계기가 되었다.

아직도 나의 꿈은 진행중이다.

경험이 쌓일 때마다 나는 발전하고 있다.

다른 곳에 사는 사람들이 궁금하고

더 많은 세상이 보고 싶다.

9

나는 9월에 태어났다. 9월은 여름의 찌는 더위가 한풀 꺾이고 시원한 바람이 코끝에 닿는 기분 좋은 가을의 시작이다. 학창시절에는 내 생일과 중간고사 기간이 겹쳐 친구들과 파티를 할 수 없었다. 결혼 후에는 추석기간이고 큰 아들과 생일이 가까워 이래저래 못 챙겼다. 그래서 내 인생에 9는 애증이 묻어 있다.

30

파란만장한 싱글라이프가 끝나고 결혼이라는 인생 2막을 시작한 때다. 내가 선택한 사람과 새로운 가족을 만들어 가는 삶. 처음 살아보는 인생이라 모든 것이 낯설고 힘들었다. 새로운 생명과의 조우는 참으로 신비로웠다.

53

어느덧 중년. 다시 학교 신입생이 되었다. 새로운 인생을 준비하고자 한다. 아직도 해본 것보다 하고 싶은 게 더 많은 오십 세살의 나. 어렸을 때 막연히 생각했던 중년의 아주머니와 현재의 나. 간극이 너무 크다. 50대가 되면 그동안 살아온 이력으로 남은 인생을 살 줄 알았는데, 여전히 아등바등하는 나를 보니 웃음이 난다.

22

스물 둘, 사월에 결혼했다. 지금 생각하면 철이 없었다. 결혼하면 무조건 행복할 줄 알았는데, 모진 풍파가 기다리고 있었다. 생각하면 무모하고 철이 없었다. 모르면 용감하다고 그게 나였다.

8

국민학교 입학. 일학년들은 거즈 손수건을 가슴에 달았다. 코를 흘리면 그 수건으로 코를 닦았다. 남자애들은 소매 끝이 반질반질했다. 코를 흘리면 쓱 닦기 때문이다. 이상하게 그때가 그립다.

14

오랜만에 언니랑 삼청동 청와대를 돌아다 녔다. 그때 다녔던 학교를 가 보니 모든 것이 변해있었다. 흙길이던 골목은 도로가 나 있 고 식당과 카페가 너무나 많았다. 그때 단발 머리 친구들과 걸었던 기억이 난다. 내가 이 렇게 변할 줄은 상상도 못했다. 많은 게 변했 지만 그 시절 친구들이 보고 싶다.

27

27세에 결혼을 했다. 결혼을 하면 아이들과 남편과 알콩달콩 재미나게 살고 싶었다. 하지만 이상과 현실은 너무 달랐다. 남편과 맞춰 사는 법을 터득하느라 시간이 많이 걸렸다. 아이를 키우며 나도 성장하는 과정을 겪었다. 물론 지금도 진행중이다.

40

지금 다니는 직장에 입사를 했다. 수동형 인간인 내게 선배들의 당당하고 자신감 있는 모습은 신선했다. 나도 저렇게 살고 싶다는 롤모델이 생겼다. 자존감을 높이기 위해 노력했다. 지금은 많이 편해졌다. 40살은 내 인생의 전환점이 되었다.

80

80대가 되면 여유롭게 노후를 즐기고 싶다. 그 때를 상상하면 기분이 좋아진다.

345

같은 부서에는 친하게 지내는 동료들이 있다. 여행도 맛집도 다닌다. 한번은 청산도에 갔다가 날씨가 좋지 않아 배가 출항하지 못했다. 하루를 더 묵으며 펜션집 주인과 늦게까지 술을 마시고, 다음날 심한 멀미를 했다.

오름에 올라 인생컷을 찍었다. 메타세쿼이아 길에서 인삼튀김도 먹으며 추억을 공유했다. 345는 30대, 40대, 50대로 나이의 첫 자리다. 세월이 가면 숫자가 바뀔 수 있겠지만 처음 만났던 나이 그대로 유지하고 싶다. 345여! 영원하라.

50

어린 친구들과 제주도 한라산을 올랐다. 성판악에서 출발하였다. 오르막길을 힘들어하는 사람이 있어서 보조를 맞추며 올라갔다. 진달래 휴게소에서 처음 보는 라면을 먹고 드디어 백록담 정상에 올랐다. 다시 하산하는데 이번에는 내리막 길을 힘들어하는 친구를 챙기느라 시간이 지연되었다. 6시까지 관리사무소에 도착해야 한라산 '등반완주 기념증'을 받을 수 있었다. 일행 중 한 명이 먼저 내려가 대신 받았던 기억이 난다.

후들거리는 다리를 끌고 우도막걸리를 마시러 갔다. 막걸리를 못 마시는 친구는 운전하느라 피로주도 한잔 못 마셨다. 나중에 우도막걸리를 선물했던 기억이 새삼 떠오른다. 오십을 기념하여 떠났던 한라산! 여행을 함께 한 젊은 친구들이 고맙다.

0318

지금 직장에 처음 들어간 날이다. 3월 18일. 인생의 전환점을 맞이한 날이다. 뜻하지 않던 일로 생활을 책임져야 해서 입사한 일터다. 입사 당시 막내였던 내가 이제는 퇴직이 얼마 남지 않았다. 해마다 이 날이면 느끼는 감회가 새롭다. 일터가 있어서 살 수 있었다. 올해도 이 날을 자축하면서 나를 위로할 계획이다.

9.
공주가 해보고 싶은
일들입니다

희망사항, 목표, 버킷리스트, 소원, 꿈, 도전 ....
어떤 말로 포장해도 남는 건 '해보고 싶은 것'입니다.
언제 어떤 이유로 미련이 남았는지 모릅니다.
무엇에 마음이 묶여
지금도 못하고 있습니다.
이리 재고 저리 재며 살았습니다.
어쩔 수 없었다고 합리화합니다.

시간이 흐른다고 해결될 것 같지 않습니다.
누군가 숙제처럼 문제를 낸다면 모르지만
제정신으로는 안 할 것 같습니다.
하지만 이번 생에는 꼭 한번 해보렵니다.
누구에겐 아주 간단하고 쉬운 일이고
공주에겐 아주 어렵고 용기가 필요한
그 일을 설레는 마음으로 그려봅니다.

바닷가에서 비키니 입어보기

오키나와 해변 비치파라솔 아래에서 비키니를 입고 일광욕을 해보고 싶다. 그동안 많은 곳을 안내하러 다녔지만 정작 나 자신을 위한 여행은 몇 번이었는지 기억나지 않는다.

오키나와도 뜨거운 태양 아래에서 안내자로서의 역할만 했다. 정작 시간적 여유가 있어도 나는 일에서 자유롭지 못했다. 주변의 시선 때문인지, 나의 고지식함 때문인지, 스스로에게 엄격할 때가 많았다.

"너는 우리 가정을 위해 ○○해야 해."
"너는 우리 집안을 일으켜야 해."
"너는 우리 집안 욕 먹일 짓을 하지 않아야 해."

보이지 않고 말하지 않아도 주어진 사명이 있었다. 나이를 먹으니 그 따위 변명은 집어치우고 해보고 싶다. 용기가 없으면 상상속에서라도...

'내 나이가 어때서~♬'

발레 토슈

10살 때였다. 발레도 모르면서 그냥 춤을 추고 싶었다. 그 당시 가정 형편이 안 좋아 엄마에게 말도 못했다. 그런데 내 안에는 그 끼가 잠재되었던 것 같다.

스물이 넘도록 TV에서 리듬 체조나 싱크로나이징을 볼 때면 나도 모르게 몸에서 전율이 흘렀고, 펴지 못한 꿈이 생각났다. 마치 내가 물속에서 춤추는 물고기가 된 것 같았다. 다시 생을 산다면 춤을 사랑하고 춤추는 삶을 살고 싶다.

피아노

　어릴 때 손가락이 길다는 이유로 '피아노 잘 치겠다'는 말을 자주 들었다. 교실에서 풍금을 치는 선생님이 멋있어 보이기도 했다. 그러나 우리 집은 나를 피아노 학원에 보낼 형편이 못됐다.

　결혼을 하고 아이들이 유치원 갈 무렵. 아이들을 피아노 학원에 등록시키고 작은 피아노를 집에 들였다. 나도 같이 피아노를 등록하고 싶었지만 직장을 다니며 육아를 하니 시간적 여유가 없었다. 그리고 피아노는 아이들이 큰 뒤 처분을 하였다. 나에게 음악적 재능이 있는 것은 아니지만 노래 한 곡은 내 손으로 칠 수 있었으면 하는 바램이 남아 있다.

생머리 찰랑찰랑

　긴 생머리를 등 뒤까지 늘어뜨리고 찰랑거리며 걸어보고 싶었다. 어려서부터 엄마는 내게 커트머리를 시켰고 한 달만 지나면 머리가 길다고 미장원을 보냈다.

　성인이 된 뒤에는 단발까지 길렀으나 타고난 곱슬머리가 지저분해서 파마를 하고 다녔다. 30대가 되어 스트레이트 파마가 처음 등장했다. 기대감을 안고 파마를 하고 나왔는데 숱이 적어서인지 비 맞은 것처럼 착 달라 붙어서 난감했던 기억이 난다. 지금은 조금이라도 젊어보이기 위해 다시 숏 컷을 하고 다닌다.

노랑머리

중고등 시절 새치가 몇 개씩 나기 시작했다. 친구들의 지적에 사춘기인 나는 상처를 받고 새치를 뽑기 시작했다. 부모를 원망하며 스트레스 받는다고 얘기했지만 부모님은 아무 것도 해줄 수 없었다.

20대가 되고 염색이라는 신문물을 접했다. 그렇게 세월이 흘렀다. 주변 엄마들과 커피를 마시는데 노랗게 탈색한 머리가 눈에 띄었다. 세련되고 멋있게 보였다. 잘 꾸미지도 못하고 새치머리 가리기에 바빴던 나는 그 엄마에게 조용히 물었다. 자기도 새치 투성이여서 탈색하고 커트로 잘랐다고 했다.

'나는 변화를 꿈꾸기만 했는데, 그 엄마는 그것을 실천하다니.'

좀 새롭게 보였다. 마음은 당장 하고 싶은데 아직도 용기를 내지 못하고 난 그대로다.

콘서트 Forever

고등학생 때부터 음악에 관심이 많아 팝케스트를 들었다. 나만의 플레이 리스트를 만들어 테이프에 녹음도 했다. 그리고 mp3가 나와 편리하게 음악을 담을 수 있었다. 노래를 듣고 좋아하는 가수의 공연도 보러 다녔다. 가수가 내한하면 콘서트를 다녔고 해외 가수인 경우는 혼자서도 공연을 보러 다녔다. 지금은 콘서트 가기가 주춤해진다. 내 음악취향은 최신팝송인데 공연장에는 대부분이 어린 친구들이라 공연을 즐길 수 없는 내가 조금은 씁쓸하다.

클럽 즐기기

음악을 좋아하니 DJ가 있는 클럽을 좋아한다. 국내보다는 해외, 자유로운 분위기와 캐쥬얼하고 심플한 곳이 좋다. 남 눈치 안보고 가볍게 맥주나 음료를 들고 음악을 즐기고 흥을 돋우며 스트레스를 푸는 모습들이 자유로워 보인다. 국내 클럽은 젊은 친구들의 전유물이지만 외국 클럽은 그렇지 않은 것 같다. 그래도 여전히 난 자신이 없다.

그래서 내가 택한 방법은 차에서 노래를 크게 듣는 것이다. 언젠가는 영화에서 보던 그런 클럽에 가 보고 싶다.

바디 프로필

아이돌 데뷔 말고는 다 할 수 있다고 친구에게 '긍정 확언' 글에 나온 말을 하면서 용기를 준 적이 있었다. 나이를 잊고 철없이 사는 것을 부러워했다. 하지만 정작 나는 나이를 의식해 주춤거린다. 젊게 사는 것에 관심을 가져본다. 외적인 동안 뿐 아니라 내면의 생각과 의식 또한 젊은 생각을 가지고 싶다.

내 버킷리스트에는 '바디 프로필 찍기'가 있다. 운동으로 몸을 만들고 식단 관리까지 해야 한다. 시간과 인내가 필요한 일이다. 이 나이에 누구에게 잘 보일 것은 아닌데... 주책이다 싶겠지만 오늘이 가장 젊은 날!

내 몸은 날마다 늙고 있으니 지금 시작하는 거다. 관절염, 허리 통증이 오기 전에 70보다 더 젊은, 오늘 건강하고 멋진 몸을 만들어 사진으로 남겨보고 싶다.

10.
공주가 좋아하는
꽃입니다

세상에는 아름다운 꽃이 얼마나 많을까요?
장미나 카네이션이 아닙니다.
공주들만의 꽃을 소개합니다.

뽐내는 꽃이 아니어서 좋아합니다.
어디에 피어 있어도 담담한 모습으로
씩씩하게 살아내어 공주에겐 특별합니다.
색이 예쁘고 향기가 좋다고
특별한 건 아니지요.
길들여진 꽃이어서 아름답습니다.
나는 너에게 너는 나에게 의미가 되었습니다.

지나는 길가에 피어서 예쁩니다.
무심히 피어서 좋고 사랑스러운 꽃입니다.
그 꽃을 좋아해서 그려봅니다.

 해바라기

해만 바라보는 해바라기.
우리 인생도 해만 바라본다.
태양이 없으면 암흑이다.
내 인생은 밝음과 어둠
해바라기는 밝음이다.
해바라기는 돈이란 뜻도 있다.
영양 가득한 씨앗은 맛있는 간식이다.
나는 해바라기가 좋다.

방울꽃

나는 아기자기하고 귀여운 모양
수줍게 고개를 숙인
은방울꽃을 좋아한다.
작은 종을 닮아 자꾸 눈길이 멈춘다.

'틀림없이 행복해 질 거야.'
꽃말도 사람을 기분좋게 한다.
연약해보이는 겉모습과 달리
함부로 대하지 말라는 뜻과
독성을 갖고 있다는 점이
왠지 모르게 찡하다.

 # 빨간 제라늄

화분에 여러 가지 모종을 심고
고단한 삶 속에서도 안식을 찾으셨던 엄마.
엄마는 꽃을 좋아하셨다.

세자매가 제라늄을 나눠서 키웠다.
내 꽃에 첫 꽃봉우리 피던 날.
엄마 생각이 간절하여 그리움에 울컥했다.

새빨간 꽃을 피울 때마다
엄마가 나에게 이야기를 하는 것 같았다.

"제일 착하고 이쁜 울 둘째 딸.
 사랑한다. 걱정하지 마. 힘 내라."

"엄마 늘 그리워요.
 사랑해요."

 블루베리

블루베리 농장을 지어
살고 싶다.

자연과 벗하며 정신적 휴식,
그런 작은 욕심이 있다.
여건이 된다면
아이와 남편과 함께
그런 날이 오기를 기다린다.

 라벤더

매년 6월이면 남프랑스에 라벤더 꽃이 활짝 핀다.
드넓은 들판이 온통 보랏빛 환영이다.
내가 좋아하는 꽃은 들에 핀 야생화다.
이름 모를 야생화에 더 마음이 끌리는 건 뭘까?
그래서인지 들판에 피는 라벤더 꽃에 마음이 간다.
색감조차 너무 예쁜 보라색.
마음이 평온해지는 색감이다.
파란 하늘과 어울리는 보랏빛 향연의 축제에 빠져들고 싶다.

11.
공주가 듣고 싶어하는
말입니다.

우리가 듣고 싶은 말은 눈에 보이지 않습니다.
그런데 우리는 보이지 않는 말을 들으려다
마음에 구멍이 나서 아파합니다.
눈 앞에서 예쁜 말을 하기는 정말 힘들까요?
살면서 마음에도 없는 말을 많이도 했습니다.
상처를 입히려고 작정한 사람처럼요.
뒤돌아서 후회할 말을 얼마나 많이 했는지요.

내 말은 내가 가장 먼저 듣습니다.
그러니 나에게 먼저 친절해야 합니다.
세련되고 멋있는 말이 아니라
평범하고 담백한 말이면 충분합니다.
나를 위해 마음을 전하고 싶어요.
일상이 얼마나 소중한지 우린 알잖아요.
작고 부드러운 그 한마디!
지금 못다한 말을 써봅니다.

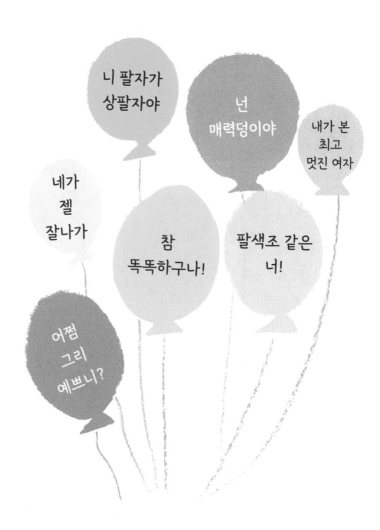

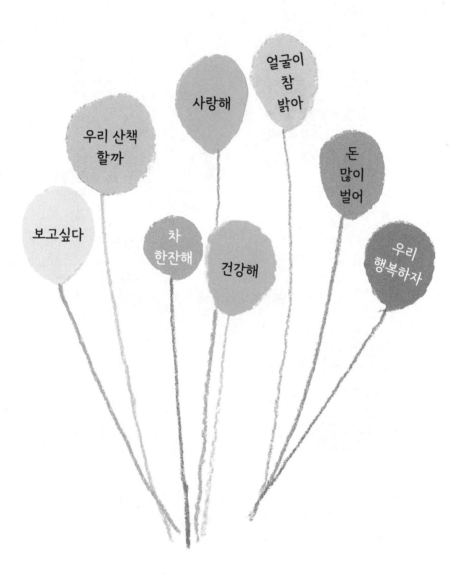

보고싶다

우리 산책
할까

사랑해

얼굴이
참
밝아

돈
많이
벌어

차
한잔해

건강해

우리
행복하자

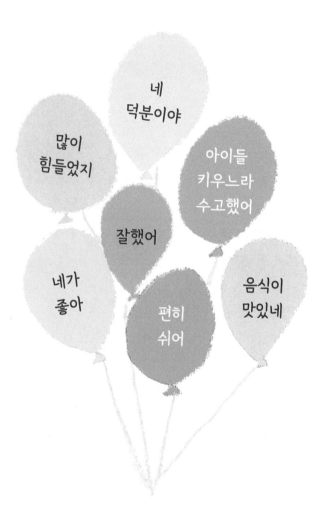

네
덕분이야

많이
힘들었지

아이들
키우느라
수고했어

잘했어

네가
좋아

편히
쉬어

음식이
맛있네

12.
공주의 핸드폰에 담긴
네 컷 사진입니다

핸드폰에는 우리의 하루가 찍혀 있습니다.
여행지에서 보았던 낯선 풍경들,
아이들이 자라며 웃고 울던 모습,
무심히 찍은 하늘과 나무들,
처음 먹어보는 예쁜 음식들.
당장 네 장을 고르라고 한다면
어떤 추억과 기억을 소환하시렵니까?

모두 소중한 장면이라 고르기 어렵지요.
살면서 중요한 게 뭔지 잊고 살았는데
갑자기 묻는 것 같아서요.
그럼에도 불구하고 네 컷을 골랐습니다.
똑같은 풍경은 아니지만
어디선가 본 듯한 기분이 들겁니다.
시시하고 평범한 순간이 특별해지는
그 시간 속으로 함께 들어가 봅시다.

힘든 시절을 견디고

젊은 시절이 좋았다. 친구와 보령 해수욕장에서 즐겁게 지냈다. 세월이 이렇게 빠를 줄이야. 결혼해서 아이를 낳으니 풍파가 찾아와 힘이 들었다. 술을 좋아하는 남편과 그 속에서 방황을 많이 했다. 그래도 그것을 이겨내고 아이들과 함께 살아왔다. 그런 남편이 지금은 술도 끊고 잘 지내고 있다.

아이들도 나름 잘 지내고 있다. 다시 돌아간다면 또 이런 시련을 견뎌낼까? 힘들 것 같다. 그때는 즐거움도 기쁨도 행복도 뭔지 모르고 산 것 같다. 새로운 생이 온다면 나를 위해서 살고 싶다. 내가 우선인 인생을 살고 싶다.

내가 힘들게 살아서 그런지 아이들도 나와 있을 땐 기뻐하지 않는 것 같다. 마음이 아프다. 내가 즐겁고 행복했으면 아이들도 기뻐했을 텐데 하는 아쉬움이 참 많다. 그래도 순간순간 행복했을 때도 있었다. 그 힘으로 지금까지 버텨온 것 같다.

항상 힘이 되어준 남편에게 고맙다. 지금은 딸과 아들, 내 옆에 있어줘서 좋다. 속 안 썩이고 지금까지 있어줘서 고맙다. 손주와 사위에게도 고맙다. 서로 지금처럼 잘 지내주면 좋겠다.

오늘이 가장 젊은 날

음력 설도 지나 보름인데 함박눈이 왔다. 옛 선조들은 동지부터 갑진년이 시작된다고 믿었다. 추운 겨울이 지나고 봄을 알리는 소식이 입춘이다. 개구리가 겨울잠을 자고 깨어난다고 한다. 입춘대길, 밝은 기운을 받아들이고 경사스런 일이 많기를 기원하였다.

나도 젊을 땐 보지 않던 절기를 챙기고 정월 보름이면 나물을 준비한다. 이 나이가 되니 나물맛을 알겠다. 이제야 철이 드는 모양이다.

사춘기 때는 어른들의 말씀을 케케묵은 구닥다리라고 대들었는데 나도 그길로 들어가는 것 같다. 이제는 매사 조심스럽고 자식을 위해 몸가짐을 바르게 해야 한다는 진리도 몸으로 느낀다.

멀리 보이는 북한산에 쌓인 눈이 정겹다. 3월 초순이면 매화꽃과 벚꽃이 피게 되리라. 산을 보니 벌써부터 마음이 설렌다. 4월이 되면 불광천에 사는 오리 가족이 보고 싶다.

자연을 만끽하다

자연은 선물인 것 같다. 예전엔 몰랐던 바람, 나무, 꽃, 하늘, 구름, 눈, 비, 해, 흙... 우리 곁에 항상 있어서 몰랐던 고마운 존재, 없어서는 안 되는 공기같은 존재다.

올해는 운 좋게도 눈과 인연이 깊은 겨울이었다. 등산을 가도 눈과 만나고 강아지와 산책을 나가도 눈이 자주 내렸다. 눈은 빨리 치워야만 하는 존재가 아닌 나에게 기쁨과 즐거움을 주는 고마운 자연이다.

그리고 산이라는 고마운 존재가 또 있다. 흙이라고 해야 맞는 표현 같다. 각박하고 딱딱한 삶 속에서 포근히 흙도 밟아 보고 차가운 눈도 맞아보면서 온몸으로 자연을 느껴본다.

내가 좋아하는 벗들과 함께 말이다.

보고 있어도 보고 싶은 이탈리아

골목골목이 예쁜 나라.

거리 어디를 가도 오랜 도시가 주는 감성이 짙게 묻어난다.

이곳에서 나는 자유로운 여행자가 된다.

도시간 이동은 고속기차로 한다.

기차여행이 주는 낭만은 말해 무엇하랴.

무심코 앉아 바라보는 풍경 속에 나를 던져본다.

해질녘 바라본 중세도시의 골목과

토스카나 시골농가에서 하룻밤을 보내고 난 아침 풍경.

화장실 창문으로 보이는 햇살,

파란 하늘은 갤러리에 전시된 하나의 예술작품이다.

커피의 자존심은 세계 1등인 나라.

그곳에서 맛본 카푸치노와 베이커리는 잊을 수 없다.

커피의 맛은 기억 못해도

그 분위기는 평생 간직할 것 같다.

 소소한 즐거움

그냥 존재만으로도 이쁘다.
하얀 털, 까만 눈, 빨간 입.
퇴근하면 부담될 정도로 안기는 애교.
적막한 집에서 강아지만 에너지가 넘쳤는데...
얼마 전 사고로 무지개 다리를 건너
지금은 하늘의 별이 되었다.

지금은 다 커서
그때의 미소가 남아 있지 않지만
해맑게 웃고 있는 아이들.
강아지도 웃는
그때의 추억이 그립다.

첫 해외여행을 갔다.
여행도 즐겁지만
챙겨야 할 다른 식구도 없이
호텔방에서 눈 뜨고
차려진 조식을 먹는
소소한 즐거움이 더 컸던 여행이었다.

내 누님같이 생긴 꽃이여

2016년 아버지 구순때 온 가족이 제주도 여행을 갔다. 광주공항, 김포공항에서 각자 출발하여 제주도에서 모였다. 학교 수업을 마치고 회사 연차를 내고 도착했다. 60년을 함께 산 엄마를 먼저 보내고 허전해하실 아버지를 위해 함께 한 2박 3일의 여행길. 노란 유채꽃밭을 배경으로 모두가 행복했던 순간이다.

2019년은 내 생애 가장 기쁜 해였다. 태어나 제일 잘 한 일은 큰 아들 결혼이다. 축하와 축복만 있었던 날이었다. 그 해는 작은 아들도 취업해 있던 터라 각자 자기 삶에 충실하고 나도 홀가분했다. 난 회사에서 큰 상도 받고 우수사원으로 뽑혀 해외여행도 갔다. 루브르 박물관 앞에서도 자연스럽다.

우울했던 2020년을 보내고 다음해 4월, 제라늄 꽃이 피면서 우리 집에 행운이 찾아왔다. 베란다에서 예쁘게 피어났던 꽃. 엄마가 나에게 힘내라고 주는 메시지라고 생각한다. 지금도 계속해서 피고지는 제라늄을 보면서 엄마의 사랑이 그립고 소중함을 느낀다.

2023년 가을. 광야와 같이 외롭고 힘든 날을 보내고 이제 성숙한 마음으로 새롭게 나를 돌아본다. 모든 것은 다 지나가기 마련이고 새로운 시선으로 나를 바라볼 수 있다. '이제는 돌아와 거울 앞에 선 내 누님같이 생긴 꽃이여' 싯구처럼 얼굴엔 삶의 흔적이 있지만 이 모습 이대로 나는 나를 사랑한다.

2부

은톨이 엄마들의 인터뷰

1. **음식** – 방에만 있는 아이들의 유일한 소통통로입니다
2. **성장** – 부모가 준비되지 않으면 아이들은 다시 동굴로 들어갑니다
3. **욕망** – 자녀에 대한 희망과 나의 꿈을 포함합니다
4. **은둔** – 세상에 대해 자신을 보호하기 위한 최선의 선택입니다
5. **질문** – 나를 성장시키고 힘든 상황을 헤쳐나가려고 합니다
6. **위로** – 끊임없이 쫓는 게 아니라 저절로 찾아온 선물입니다
7. **안전** – 은톨이를 기다릴 수 있는 필요충분조건입니다
8. **글쓰기** – 내 삶을 돌아보고, 발전하고, 성장시키는 작업입니다

이제 공주들은 엄마로 돌아와 인터뷰를 하려고 합니다. 은톨이 엄마로 살면서 겪는 어려움이나 아픔을 여기 다 쓸 수는 없을 것 같습니다. 하지만 그동안 나눠보지 못한 은둔, 음식, 위로, 안전 등에 관한 질문을 해보려고 합니다. 우리 자신을 탓하며 후회하는 어리석은 짓은 이제 그만해야 합니다. 은톨이 문제를 좀 더 객관적인 입장에서 접근해야 할 것 같습니다.

은톨이를 위한 기본적인 돌봄이 된 상태라면 다음 단계로 넘어가도 좋습니다. 사회와 안전한 관계를 형성하기 위해 필요한 것들을 알아가야 합니다. 무조건 아이에게 물을 수도 없고 사회가 해줄 수 있는 부분도 적습니다. 우리 스스로 은톨이들의 성장 단계에 맞는 스텝을 준비하고 밟아가야 합니다.

그런 의미에서 우리들의 인터뷰가 서로의 마음을 알아가는 좋은 기회가 될 것으로 봅니다. 어두운 방에서 고립된 은톨이를 돌보며 자신도 함께 침몰하는 안타까운 경우도 종종 보입니다. 전문가의 도움을 받는다고 그분들이 모든 은톨이들을 해결할 수 없기에 우리가 도와야 된다고 생각합니다.

다양한 주제를 가지고 함께 의견을 나눠보는 시간을 가졌습니다. 현실에서 경험한 것과 생각을 나누며 느끼는 동질감과 무조건 이해받는 감정은 달랐습니다. 세상의 은톨이들이 모두 다르듯 우리 은톨이 엄마들의 마음도 깊이와 넓이가 달랐습니다. 그럼에도 불구하고 서로의 유대감은 충분히 느낄 수 있는 시간이었습니다.

개인적인 경험에 머물 수 있는 이야기겠지만 서로 공감할 수 있었고 위로가 되었습니다. 전문가가 아님에도 서로 나눌 수 있는 게 많아 도움이 되었습니다. 1박 2일의 짧은 시간이지만 한 번도 경험해보지 못한 우리들만의 공동체를 경험한 것 같습니다. 결국 우리 스스로 풀어가야 할 일임을 새삼 느끼고, 솔직한 마음을 나눠주신 은톨이 엄마들에게 고마움을 전합니다.

1.
음식
– 방에만 있는 아이들의 유일한 소통통로입니다

귀한 시간 갖게 되어 감사합니다.
이렇게 시간을 낸다는 게 우리에겐 큰 결심임을 압니다.
잠시 쉰다는 게 쉽지 않은 것 같습니다.
먼저 은톨이에게 가장 중요한 '음식'에 관한 얘기를
먼저 나누고 싶습니다.
갇힌 공간에서 생활하는 우리 은톨이들에게 음식은
본인들의 생명줄이자 가족에겐 유일한 소통통로입니다.

초보 은톨이 엄마들이 가장 궁금해하는 게 음식과의 전쟁입니다.
은톨이들이 음식에 집착하거나 음식을 싫어해서
안 먹는 경우도 있으니까요.
또 음식을 단순하게 생각하여 상황을
더 악화시키는 경우도 있기 때문입니다.

음식으로 성공한 사례나 실패한 사례도 좋습니다.
누군가에겐 우리의 경험이 분명히 도움이 될 거라 믿으며
편안하게 개인적인 경험을 말씀해 주시면 좋겠습니다.

그러고보니 벌써 잊었네요. 옛날에는 아들이 되게 말랐어요. 과민성 대장 증후군으로 장이 예민했어요. 그러다 보니 색다른 음식을 먹으면 바로 화장실을 갔어요. 지금은 나아져서 조금 덜 해요. 그래도 매운 음식은 조심해요. 이제 나이가 있다 보니 국이 없으면 밥을 못 먹어요. 순댓국을 좋아하고 여전히 매운 음식을 먹으면 화장실을 가요.

요즘에는 달래된장국같은 봄나물들을 많이 해주고 있는데요. 서른이 넘으니까 싫다고는 안 해요. 감사할 따름이고요. 20대는 아무래도 콜라나 사이다를 선호했죠. 지금도 햄버거 좋아하고 피자 한 판 혼자 다 먹곤 해요. 그래서 "네가 벌었으니까 네가 알아서 먹어." 그냥 선을 그어요.

저희 아이는 초등 때 시장에서 생선 머리 자르는 걸 보고 나서 생선과 고기를 안 먹어요. 그리고 어려서부터 라면을 끓여줬더니 그런 걸 엄청 좋아하고 지금은 자제가 안 되더라고요. 또 애들 입맛이라 내가 해주는 게 별로래요. 요즘은 고기, 생선 아니면 사실 먹을 게 없잖아요. 그냥 나물 종류 그것도 한계가 있고요.

제가 그전에는 조선간장이 좋은 줄 몰랐어요. 그러다 보니까 전부 왜간장으로 맛을 냈는데 조선간장 좋은 걸 알고는 건강을 생각해서 넣어요. 요리는 주로 나물이랑 계란, 김 이런 것 위주로 해요. 고기를 안먹다 보니까 불편하네요. 하는 일도 힘들어 체력보충이 필요한데 걱정이죠. 허리가 아파 정형외과 약을 먹더니 갑자기 살이 확 불어나 오동통한 체격이예요.

저는 음식에 대해 할 말이 많은데 언젠가 말한 적도 있을 거예요. 애가 은둔할 때 제가 일을 나가니까 따로 챙겨주기도 싫어 "그냥 내려와라." 그랬어요. 그래서 안 먹으면 그냥 치워버리고요. 그러면 하루 종일 굶고 그러잖아요. 근데 어느 순간 그래선 안되겠다는 생각이 들었어요. 임금님 밥상처럼 차려서 자기 방 앞에 갖다 놓았어요. "엄마 이제 출근하니까 이거 먹어라." 하고 갔어요. 처음 몇 달은 별 반응이 없었어요. 그런데 어느 순간부터 얘가 "엄마 어제 그거는 맛있었어."라는 거예요. 넘 감동이더라구요. 물론 화딱지도 나고 그랬는데 또 감사한 마음도 있잖아요.

　어쨌든 한 가지 메뉴는 지가 마음에 든다고 하니 그걸 해줄 수 있는 거잖아요. 그러니까 뭐가 뭔지도 모르다가 이제는 하나씩 알아가는 거죠. 본인도 그렇고 저도 그렇고 뭘 좋아하는지, 뭘 싫어하는지, 그렇게 스스로 요구를 하기 시작했어요.

　그리고 제가 이걸 알아차리기 시작했다는 것이 중요한 거죠. 그다음부터 정신과 약을 먹으면서 식욕이 왕성해져서 몸무게가 한 10kg 이상 쪘거든요. 인생 최대 몸무게를 경신하고 있어요. 근데 자기는 '80kg까지만 찌겠다.'고 하더라고요. 키가 175cm인데 80kg이면 봤을 때는 좀 통통하잖아요. 나쁘지는 않지만 몸무게가 자신감하고 연결된다고 느꼈나 봐요. 몸까지 왜소하니까 남자로서 부끄럽다고 느끼는 것 같아요. 어느날 "엄마 나 80kg까지만 그냥 봐주면 안돼?" 그러더라고요. 어쨌든 자기는 통통한 게 좋다고 하니까 저는 받아들여야죠.

　음식은 엄마와 아들이 교감할 수 있는 매개가 되지 않나 싶습니다.

그리고 아들은 '밥을 먹든지 말든지 맘대로 해.' '네가 먹든지 말든지 상관하지 않을 게.'라는 말이 무서웠다고 그러더라고요. 왜냐하면 자기 스스로 챙겨 먹을 수 없는 상황이 막연하게 무서웠다는 거죠.

저도 음식을 할 때면 뭘 해야 되는지, 어떻게 먹여야 할지 잘 모르겠어요. 그런데 아이도 '주는 대로 먹지 않으면 치워버린다.'는 말이 굉장한 공포였다고 하더라고요.

엊그제도 저녁을 먹고 나니까 밥을 달라 그래서 열받더라고요. 근데 자기는 '오늘은 엄마가 무슨 요리를 해줄까?' 기대하면서 문을 열었더라고요. 어쨌든 우리 은둔하는 친구들한테도 음식은 굉장한 부담일 것 같아요. 가끔은 진짜 귀찮고 힘들지만은 내가 할 수 있는 데까지는 나도 한 번 해봐야겠다고 생각해요.

저도 비슷한 맥락인데 아이가 자기 감정을 표현하는 게 음식이더라고요. 고1 때 아이가 너무 마르니까 학교에서 외식이라도 시켜 주라고 했어요. 그때는 애가 가장 힘들 때라 밖을 안 나오고 식사도 한 끼 먹을까 말까 했거든요.

지금은 협회에서 공부도 하고 선배님들 얘기도 듣고 배운 게 있잖아요. 그래서 저도 애 방 앞에다 식판을 놓기도 하고 메모를 붙여두기도 했어요. 확실히 감정을 음식으로 표현하는 게 맞더라고요. 가끔 "오늘은 금식할 거야."라고 해요.

그러니까 엄마의 마음을 아프게 하는 수단으로 음식을 이용해요. 워낙 입도 짧고 하니 하루종일 안 먹어도 정말 배가 안 고픈가 봐요.

저랑은 달라 이해를 못 했지요. 그래서 아이가 조금이라도 뭐 먹고 싶어. 그러면 저는 사놓거나 해놓아요. 자기 기분이 안 좋으면 그냥 안 먹고요. 그래서 저도 많이 내려놓았는데 신랑은 무조건 뭐라도 해주라고만 해요.

저는 음식을 너무 좋아했는데 아이는 다른 존재 같아요. 하지만 제가 할 수 있는 한 잘 해주고 싶고 건강하게 잘 자랄 수 있게 하려는 마음입니다.

음식이 감정을 표현하는 수단이라는 게 와닿네요. 아이에게 식욕은 하나의 신호였어요. 초반에는 애가 숨 쉬는 양만큼 음식을 먹었어요. 침대에 계속 들어가 있으니 빈혈도 너무 심했어요. 병원에서 '30년 의사 생활에 이런 경우는 처음 본다.'며 걱정을 하셨어요. 그 얘기를 듣는데 진짜 떨리고 무섭더라고요.

아이가 자주 어지럽다고 했어요. 아직도 그때를 생각하면 눈물이 나요. 그 얘기를 들으면서 본인도 각성이 되었는지 조금씩 음식을 먹었어요. 문제는 안 먹다가 음식을 먹으니 입맛이 없잖아요. 그러니까 맵고 짠 자극적인 것만 찾았어요.

그거라도 먹는다니까 해주고 고맙다고 했어요. 컨디션이 좀 나아지면서 한 끼에서 두끼로 늘었어요. 달달한 것도 1, 2년 먹었던 것 같아요. 집에만 있어도 아이는 에너지가 많이 필요했던 거에요. 음식이 기준이 된다는 게, 정상적으로 먹으면 아이 상태도 좋아지는 것 같아요.

어린 친구들 정신건강은 "요즘 먹는 건 어때요?" 물어보면 다 나오죠. 먹는 얘기만 들어도 은둔 초기인지 아닌지 알 수가 있더라고요. 아이가 지금 불안하다고 막연히 걱정할 게 아니라 식사를 잘한다면 괜찮은 거라고 얘기할 수 있어요. 그래서 저도 음식을 사주든 해주든 상관없이 어느 정도 먹기만 한다면 조금은 여유를 가지고 지켜봐야겠다는 생각이 들더라고요.

너무 공감되는 게 저희 아이는 음식이 곧 존재의 이유였어요. 한참 힘들 때는 아예 음식을 안 먹었어요. 아침도 안 먹고 가는 애가 급식조차도 안 먹었어요. 중3 때부터 고등학교 졸업할 때까지 거의 4년 내내 급식을 안 먹었어요. 유일하게 먹는 건 집에 와서 첫 끼를 먹는 거였어요. 그래서 과민성 대장 증후군까지 와서 살이 많이 빠졌어요. 오죽했으면 담임 선생님이 아동학대냐고 물었겠어요. 아이가 급식을 안 먹으니까 선생님도 외출증을 끊어줄 테니 집에 가서 먹고 오라고 했어요. 그때 건강이 많이 안 좋았어요.

지금도 얘가 밖에 나가는 유일한 이유는 바로 음식이에요. 먹을 걸 사기 위해 외출하는 거예요. 바나나를 산다든지 동생 줄 돈가스를 살 때만 유일하게 나가요. 이런 행동이 중요한 이유는 아이의 우울 척도가 되었거든요. 이제야 좀 더 이해가 되네요.

어릴 때부터 입이 짧아 맞춰주느라 힘들었어요. 그러니까 아이도 그걸 알아요. 아기 때부터 토하고 막 그랬거든요.

우리 애도 엄마가 일하고 와서 힘들게 해 준다는 걸 알았죠. 그래서 자신이 엄마를 힘들게 한다는 거를 본능적으로 아는 것 같아요. 그러다보니 무의식적으로 상대에게 뭔가를 요구하는 게 힘든 거예요. 그리고 애들이 또 입이 좀 짧은 것도 있어요.

아무거나 해줘도 먹는 그런 애가 아니다 보니 오해가 쌓여가지고 서로 힘든 거에요. 저는 몇 달을 이렇게 하다보니까 이제 조금씩 이해가 되더라구요.

예전에 상담 선생님이 하신 말씀이 있어요. 남자아이는 자기가 좋아할 만한 음식을 자꾸 해주라고요. 그 이유가 있었던 거죠. 힘들어도 참고 해주면서 길을 찾아야 하는 건데 말이죠.

자신이 뭘 먹고 싶은지 모르는 상태에서 마트를 가더니 이젠 자기가 뭘 좋아하는지 알겠대요. 과자도 그렇고 음식 재료도 그렇고요. 내가 뭘 좋아하는지 알면 요구할 수가 있잖아요. 근데 예전에는 이렇게 해주면 "나 이거 싫어, 저거 싫어."이러면서 자기도 미안했던 거죠. 그러니까 요구하기 미안해서 또 안 먹고, 뭘 좋아하는지 몰라서 못 먹고. 이런 상황으로 우리 아이가 힘들었던 것 같아요.

우리도 우울할 때는 밥 맛이 떨어지잖아요. 음식은 곧 우리 아이들이 살아갈 의미이고, 살아낼 이유 같네요.

맞아요. 그래서 우리 아들도 이제 자신이 뭘 좋아하는지 아니까 좀 살 것 같다, 그러더라고.

그러니까 삼시 세끼를 먹는 아이는 건강하다고 봐야지. 아들이 80kg까지 살찌우겠다고 하는 게 나쁘지 않은 게 몸이 마르니까 그만큼 스트레스를 많이 받은 거야. 80kg 아이들을 보면서 엄청 부러워하더라고 그런 모습조차 이젠 흐뭇해요.

한 가지 빼먹은 게 아이 은둔이 심할 때였어요. 저한테 뭐 사다 줄수 있어? 해요. 그게 대부분 다 통조림이었어요. 방 안에서 먹어야하니까 그랬나봐요.

은둔해서 방에만 있는 아이가 유일하게 방 밖으로 나오는 건 바로 음식 때문에 나오는 거거든요. 주방만 왔다 가는 거예요. 자기를 살리기 위한 거니 좋은 현상이죠.

전에 TV에 나왔던 친구얘기예요. 엄마가 바쁜 직장 생활하면서 뭘 해줘도 아들이 안 먹으니까 성질이 나서 일주일간 밥을 안 해줬대요. 근데 그 친구 기억에는 그게 트라우마인 거예요. 이제 '엄마한테 버려졌다.'는 느낌을 받은 거죠. 그래서 그 친구는 2·3년간 자신을 굶겼어요. 그게 왜곡되어 "우리 엄마가 나를 3년간 굶겼다." 그랬다는 거예요.

'나는 고등학교 3년간 자존심 상하니까 안 먹었다. 그 방에서 11년을 살았다.' 이 생각을 하고 엄마한테 굉장히 반감을 가진거죠. 그러니까 아이들에게 마지막 선택이 엄마인데, 엄마한테 버림받았다는 생각이 가장 위험한 지점이에요. 자녀문제로 힘들어하는 부모들이 꼭 알아두어야 할 부분 같아요.

"너 알아서 먹어." "나도 이제 이거 안 해줄 거야." 아이들은 음식이든 아니든 엄마가 화를 내면 갈 곳을 잃는 것 같아요.

엄마들은 차려줬는데 안 먹으니까 화가 나는 거고요. "이딴 거 두 번 다시 해주나 봐." 하잖아요. 하지만 이 친구들은 방에 앉아서 엄마의 화난 모습을 상상하거든요. 목소리만 듣고도 엄마한테 이제 버림을 받는 구나! 그래서 이제 나는 죽은 목숨이구나! 이런 식으로 인지왜곡 할 가능성이 많은 것 같아요. 엄마의 화를 공포로 느끼는 거죠. 말하자면 '나는 루저야. 나는 쓸모없어.'라고 자신을 극단적으로 몰고 가는 것 같아요.

이게 정상적으로 전달이 안 되니까 자꾸 나쁜 생각을 하고요. 낮에는 자고 밤에만 말똥해서 컴퓨터 뒤져보면서 혼자 상상의 날개를 펴잖아요. 그러니까 생활 패턴이 음식하고도 연관이 되는 것 같아요.

들어보니까 공부가 많이 되는 것 같아요. 우리 애도 그랬었나 싶어요. 입이 좀 까다로운 편이었거든요. 골고루 먹지도 않고 소스류나 케첩, 마요네즈도 먹지 않아요. 돈가스 먹을 때만 소스를 먹어요. 그래서 어떻게든 먹이려고 애가 먹는 거 위주로 해줬거든요.

남편과 친정 엄마는 "니가 음식을 그렇게 해줘서 애가 입이 더 짧아졌다."고 지금도 얘기해요. 생각해 보니까 우리 아이도 고등학교 때 급식을 안 먹어서 담임한테 전화가 왔었어요. 그 뒤로 어떻게 됐는지 기억이 안 나네요. 음식이 아이의 은둔과 이렇게 연관이 많은 줄 몰랐던 거죠.

중학교 때까지는 보온 도시락을 쌌어요. 도시락을 싸놓고 가면 애들이 저녁에 와서 도시락을 먹고 학원을 가요. 어떻게든 하루 세끼는 먹였어요. 그런데 고등학교 때는 학교 급식을 안 먹고 다녔네요. 어찌어찌 졸업하고 집에서 은둔하면서는 저녁에 가족이 모여서 밥을 먹었는데 작년부터는 밥을 거의 안 먹더라고요.

그래서 살이 또 확 빠졌어요. 나도 아침에 나갔다 저녁에 들어오니까 해줄 수 있는 게 없었어요. 지금은 사회복무를 하면서 다시 규칙적인 생활이 되어 아침에는 빵과 주스를 먹고 나가요. 차려주지 않아도 자기가 차려 먹고 나가더라고요. 밤에 게임하다가 나와서는 들으라고 "뭐 먹을 거 없나?" 하며 냉장고를 열어요.

그럴 때 내가 차려줘야 하는 건가? 나 들으라고 하는 말 같잖아요. 그러면 제가 차려 줘도 되는 거죠. 근데 어떨 때는 귀찮아요. 해주면 몸이 힘들고 안 하면 맘이 불편하고요. 어떻게 해야 되는지 고민이예요.

제가 음식 솜씨가 별로인데 우리 애는 음식을 너무 잘 만들어요. 진짜 맛도 기가 막혀요. 그래서 재료만 있으면 걔는 모든 음식을 다 만들어내요.

근데 아들이 은둔했을 때는 제가 해주는 음식을 안 먹었어요. 그러니까 저하고 관계도 안 좋아 힘들었어요. 저한테 미안해서 그런지, 제가 출근을 하면 자기 혼자 음식을 해 먹고 싱크대는 난리를 쳐놓는 거예요. 밥은 같이 안 먹지만 지금은 기분 좋으면 냉장고에 있는 재료로 음식을 해놓는 것 같아요. 그래서 뭔가 표현을 할 때 기분이 안 좋거나, 저에 대한 불만이 있으면 얘는 음식으로 감정표현을 하는 것 같아요.

얼마 전에는 '엄마 언제 와?'라고 문자를 하더라고요. '들어갈 때 뭐 사 갈까?' 그랬더니 답이 안 오는 거예요. 저는 그냥 들어갔는데 "떡볶이라도 안 사 왔어?" 그러더군요. 자기는 떡볶이가 먹고 싶었나 봐요. 엄마가 알아서 사 올 거라고 믿고 문자까지 했는데 말이죠. 근데 되게 미안하더라고요. 아들이 나이만 많지 소통에는 미숙한 면이 있다는 걸 잊었던 것 같아요.

2.
성장

– 부모가 준비되지 않으면 아이들은 다시 동굴로 들어갑니다

생각보다 은톨이들이 음식에 관심이 많은 것 같습니다.
해주는 음식이나 배달음식을 먹지만
직접 요리를 하는 경우도 있다고 하니 앞으로 기대가 됩니다.

이번 주제는 '성장'입니다.
부모 개인의 성장도 좋고 은톨이들의 성장에 관한 이야기도 좋습니다.
아니면 가정의 성장 과정도 가능합니다.
성장이라고 해서 앞서가는 것만 얘기하는 것은 아닙니다.
가는 도중에 넘어지고 쉬어가는 것
또한 모두 '성장'이란 범주에 넣겠습니다.
그런 활동 모두가 결국 '성장'을 위한 노력이니까요.

높은 성장을 바라다 넘어진 경우도 있고
'성장'을 버리지 못해 밖으로 나오지 못하는 은톨이도 있습니다.
부모도 마찬가지입니다.
사회의 빠른 성장에 우리 모두 넘어진 경우일지 모릅니다.
조심스럽지만 천천히 얘기나눠 보겠습니다.

네, 매일매일 성장하고 있습니다. 그렇게 하기 위해서 10년 전부터 나를 분석하고 심리 공부를 하고 마음을 담금질하고 있습니다. 어제보다 조금 나은 오늘의 나를 성장시키려 노력하고 있습니다.

구체적으로는 '백일 필사' 같은 경우도 굉장히 도움이 되었어요. 저는 종교적으로도 아침마다 밴드에 글을 올려요. 최근 100일 동안에는 몇 군데 올리느라 바빴고요. 근데 이제는 일상이에요.

어느 단체든 그곳에서 성장하고 봉사하는 리더를 키우고 전문가를 만드는 단계가 있더라구요. 서로 벤치마킹하면서 좋은 시스템은 배우는 거죠. 우리의 좋은 것도 서로 나누면서 동반 성장하는 게 바람직한 방향인 것 같아요.

남을 리드하려면 더 배워야 되잖아요. 그런 과정이 결국 나를 성장하게 만들어요. 과거에는 돈으로 정치를 했다면 이제는 삶의 방향이 바뀐 것 같아요. 또 다른 성장, 내 것을 베풀고 나누는 성장을 해가고 있습니다. 이상입니다.

성장하고 있나요? 생각하니까 제 나이는 멈추고 싶은데 성장을 하려니까 조금 힘드네요. 사실은 제가 성당을 오래 냉담했어요. 아프고 나서요. 근데 여기서 종교라도 하나 믿어보라 해서 성당을 갔어요. 4월부터는 기도 봉사도 하려고 해요. 저는 성장보다도 '내가 이제 심적으로 안정을 찾아야 하니까.' 하는 것 같습니다.

신이 어디 있어? 이렇게 말하면 할 말이 없죠. 아무도 못 봤으니까.

그렇긴 한데 자식을 무조건적으로 믿고 사랑하는 것처럼 종교도 믿으니까 마음이 편하더라고요.

그래서 아들 때문에 힘든 거 다 내려놓고 혼자서 종교생활을 해요. 내 마음에 성장이 되는 걸 알기 때문에 성당도 가려고 해요. 그래야 제 아이한테도 믿는 힘이 생기고 사람들에게 할 말이 생길 것 같아요. '왜 내가 이 모든 걸 짊어져 괴로움 속에 있었나' 그런 생각도 좀 버리려고 노력합니다.

저는 지금 제2의 성장을 한다고 생각해요. 옆에 계신 분이 우리 왕언니잖아요. 근데 제 옆에서 계속 저를 챙기시는 거예요. 젓가락이 없으면 젓가락 챙겨주시고, 뭐가 없으면 앞서서 챙겨주시고, 근데 이런 것들이 예전에는 안 보였어요. 눈에 보이지 않는 어떤 선한 행동이 지금은 보여요. 그리고 그건 이렇게 눈치껏 하는 거잖아요. 누가 시켜서가 아니라. 근데 저는 눈에 띄는 걸 좋아했어요. (일동 웃음)

요새는 힘든 일을 겪고 나니까 작은 배려가 이 사회를 지탱하고, 이 작은 지지가 사회전체를 지탱하는 게 느껴지는 거예요.

그러니까 작은 일에도 관심을 가지고 관찰하게 되고요. 그리고 사람을 내가 낮은 자세로 이해하려는 시각이 생긴 것 같아요. 제가 나날이 성장하고 있구나 싶어요. 저처럼 우리 다 같이 칭찬해요.

"대단하다. 고마워요."

맞아요. 끈을 놓지 말고 후배들을 도와주는 여유까지 생기면 좋겠어요. 점점 모임에 참여하다 보니까 '우리 아이가 더 잘하면 좋지.' '내 식구만 잘하면 되지.'가 아니라 조금 더 넓게 보는 시각이 생긴 것 같아요. 생각의 바운더리가 좀 넓어진 것도 같아 아이한테 감사하기도 해요. 아이 생각이 딱! 나는 자체가 감사함이죠. 옛날에는 아들을 생각하면 나쁜 감정이 먼저 나왔는데 지금은 존재 자체만으로 감사하고 그냥 예쁜 것 같아요.

어느 순간 '아이도 나한테서 느끼는구나.' 싶었어요. 나한테 한 번 더 안기고 그런 거를 보면서 진짜 배울 점이 많았던 것 같아요. 저는 저대로 살면 다 성공한 줄 알았는데 이런 삶도 있구나! 그런 것도 느꼈어요. 인생은 파도라고 하잖아요. 살다보면 올라가는 시기도 있고 내려가는 시기도 있는 거죠. 언젠가 좋은 날이 올 거라는, 또 오지 않더라도 절망하지 않고 이렇게 슬퍼하지 않을 각오가 돼 있는 것 같아요.

우리 때는 계층 사다리가 있었는데 요즘에는 사다리가 없대요. 저희는 청약 잘하고 부동산 라인 잘 타면 가난에서 벗어나는 시기가 있었는데 아이들한테는 그런 사다리가 없어요. 자수성가 할 수 있는 그런 가능성이 희박해진 것 같아요. 근데 저는 지금 아이 덕분에 '성장 사다리'를 탄 것 같아요. 마지막 사다리는 여기 선배들이 이렇게 조언해주는 거예요. 이거는 진짜 저도 모르게 그냥 모임에 오게 됩니다. 저도 천주교 세례도 받고 했는데 믿음이 그렇게 깊지 않아요. 정착을 못해 잘

가는 것도 아니고요. 하지만 이곳 부모협회는 종교도 아닌데 마음속에 그냥 믿음이 있는 것 같아요. 나아지고 잘 될 거라는 믿음요.

서로 농담하면서 재미있게 하고 경직된 태도를 좀 깨야 돼요. 우리 스스로 푼수가 되어보는 거죠. 이러면서 꾸준히 가시면 될 거예요.

성장이 필요했던 게 저는 아이 덕분인 것 같아요. 만약 아이가 내 뜻대로 했다면 내가 제대로 된 성장을 했을까 싶고요. 왜냐하면 살면서 이해를 못했거든요. 진짜 막 살을 쑤시는 정도의 고통은 안 겪어본 것 같거든요. 그러니까 행복이라는 것도 모르는 거죠. 단지 내가 좀 덜 가졌구나, 내가 좀 부족하구나, 이런 것만 생각했는데 아이를 통해서 제대로 한 방 맞은 느낌이에요.

그동안 성장할 기회가 없었던 거고 한 번 이렇게 대차게 아프니까 내가 성장하지 않으면 아이가 밖으로 나왔을 때 도와주지 못하겠구나 생각했어요. 처음 모임에 와서 회장님한테 질문을 했어요.

"회장님, 아이가 밖으로 나오면 어떡해 해야 하죠?"

준비가 안 되면 아이가 다시 들어갈 수 있잖아요. 어느 날 애가 나온다 해도 부모가 그대로라면 아이는 적응을 할까? 싶은 거죠. 우린 다음 단계를 모르니까 아이들은 계속 못 나오는 거지요. 나오려다 들어가는 걸 보면 사람 환장하게 되잖아요. 이러면서 기다린다는 게 뭔지? 내가 어떤 태도를 취해야 하지? 고민과 방법을 알 필요가 있는 거죠. 내가 바뀌지 않으면 아이들은 100프로 다시 들어갈 수 있잖아요.

저는 아이가 정말 힘들 때를 '지하 100층이다.'라고 표현했는데 1층씩 올라올 때마다 아이는 확인을 하는 거예요. 부모인 내가 준비됐나 안 됐나? 그래서 안 된 것 같잖아요? 그럼 바로 내려가요. 그리고 안 먹어요. 2·3일씩 딱 그렇게 돼요. 그리고 저기압으로 울거나 그랬던 것 같아요.

그래서 부모의 성장이 필요한 거죠. 우리가 그 사이에 여러 가지 공부도 했잖아요. 같이 독서 모임도 하고 필사도 하고 세미나도 하고 궁금한 자료도 찾아 보잖아요. 그런데 진짜 성장은 그 아이가 만들어줬던 것 같아요. 아이가 나를 키우기 위해 조련을 한 것 같은 생각이 들어요. 그래서 이제 괜찮다 싶으면 아이가 움직여요. 엄마나 아빠가 어느 정도 이해하는 게 느껴질 때 행동을 하는 것 같아요. 기준은 없지만 어쨌든 그 느낌을 아는 거니까요. 저는 아이 덕분에 이전의 삶보다는 조금 성장하지 않았나 싶어 감사하게 생각합니다.

저도 확실히 성장하고 있어요. 왜냐하면 작년하고 올해가 다르니까요. 작년 연말부터 아직까지 진행 중이지만 친정 쪽에 여러 가지 일들이 있었거든요. 근데 그런 힘든 가운데서도 제가 버틸 수 있는 힘이 남아 있는 게 신기해요. 아버지가 돌아가시고 언니가 병원을 다녔는데 처음에는 받아들이기 힘들었어요. 아버지도 아팠는데 왜 언니마저 이렇게? 생각했어요.

왜 내가 언니 몫까지 해야 돼? 그랬어요. 근데 그 생각을 바꿨어요. 내가 도와줄 수 있을 때 도와주자. 언니한테 딸이 있지만 그래도 내가 보탬이 된다면 도와주는 거야. 이렇게 생각이 바뀌니까 기존에 생각했던 '왜 언니 몫까지 내가 해야 돼.'라던 마음이 좀 편해졌어요. 그리고 '백일 감사일기' 끝나고 너무 허전한 거예요. 그래서 제 스스로 저만의 밴드를 만들어 쓰고 있어요. (일동 박수)

그게 때로는 생활일기나 감사일기가 되어 의무처럼 쓰고 있어요. 인증을 안 올리면 알림이 떠요. 그러면 강제라도 하게 되어 저를 성장시키고 있어요.

저는 행복이라는 게 행복한 일이 일어나야만 행복인 줄 알았어요. 그런데 행복도 배워야지 행복을 느끼더라고요.

행복은 내가 배워야 되는구나. 그러니까 이 생각의 차이라는 게 큰 것 같아요. 나한테 돈이 많이 생긴다면 행복인 줄 알았는데 그게 아니었던 거예요. 그래서 뭐든지 배워야 되는 것 같아요. 행복하는 법도 배워야 되고요. 그래서 행복합니다. 작년하고 올해가 확실히 다르니까 저에게도 변화가 더 오겠죠?

저는 아이가 아픈 게 남편 탓이라고 생각했어요. 남편이 좀 가부장적이고 다혈질이라 아이에게 영향을 미쳤다고 생각했죠. 그런데 제가 공부를 하면서 보니까 아이의 성격은 나를 닮았더라고요. 그전에는 "애가 왜 그래?" 그러면 남편 얘기를 했는데 지금은 "엄마 아빠 닮아서 그렇지 뭐."라고 해요. 이런 말을 할 정도로 제가 성장한 게 아닌가 생각합니다

자녀를 키우면서 성장했다는 게 좀 맞는 것 같아요. 평범한 아이들만 키웠으면 제가 성숙할 계기도 없었겠지요. 우리 아이들이 착하다는 게 적응이 잘 안 되더라고요. 하여간 다양한 삶도 배우게 되는 것 같아요.

그리고 감사일기를 문자에다 썼는데 나중에 보려고 하니 사라져서 아쉬운 거예요. 그래서 다음 감사일기는 노트에다 써서 기록을 남겨야겠다는 생각이 들더라고요.

3.
욕망

– 자녀에 대한 희망과 나의 꿈을 포함합니다

그동안 은톨이를 키우면서 느꼈던 '욕망'을 주제로 골랐습니다.
그게 어떤 형태로 나타났는지? 어떤 상황으로 존재하는지?
궁금합니다.
'욕망'이라고 해서 부정적이거나 실패한 결과를 말하는 것이 아닙니다.
우리가 꿈꾸는 미래의 상황이나 지금 애쓰고 노력하는 작은 결실도
모두 욕망의 범주에 넣겠습니다.

단순한 소유의 욕망뿐 아니라
자녀에 대한 희망이라는 욕망도 있을 것 같습니다.
개인적인 결핍이나 내 꿈이 자녀로 이어지는 욕망도 있을까요?

은톨이가 가진 욕망을 정확히 알 수는 없겠지만
미루어 짐작할 수도 있겠습니다.
자녀를 키우며 느꼈던 나의 욕망이 여전히 살아있는지도 궁금합니다.
그렇다면 그 욕망을 위해 어떤 노력을 하셨는지
소개해주시면 좋겠습니다.

저는 '욕심이 많다, 잘하고 싶다, 베스트가 되고 싶다.' 이런 마음으로 살았던 것 같고요. 한 20년 동안은 일 중독에 빠져 살았어요. 직장에서 인정받으니까 최고가 되고 싶고, 그러다 보니 자연적으로 아이는 뒷전이었어요. 어느 날 아이로 인해 심리 공부를 하면서 내 상태가 이렇구나! 내 욕망이 이거였구나! 하는 거를 나도 알아가고 있어요.

근데 그거를 분석하고 파악하면서 아들을 보는 시선도 달라졌어요. 그러면서 자연스럽게 놓아지는 부분도 있었고요. 현재 우리가 하는 일들이 비영리단체잖아요. 서로 나눔하고 윈윈하면서 성장하자는 욕심이 좀 더 앞서고 있어요. 우리가 어떻게 발전해 나가야 될 건가? 그런 욕망도 또 있어요.

요즘 공부를 하면서 드는 생각이에요. '뭔가를 해도 10년은 투자해 봐야지'. 그래서 우리 협회도 앞으로 이 자리에서 10년은 갈 겁니다. 응원해 주세요.

"욕망 파이팅!"

사실 나는 욕심이 없는 줄 알았어요. 내가 착하고 열심히 사는 사람인 줄 알았어요. 이제 보니 제가 욕심이 많더라고요. 그냥 내 자식은 나보다 잘 될 줄 알았던 거에요. 근데 살다 보니까 내가 부모만치도 못 되더라고요.

사실은 애를 정신병원에 입원시키겠다고 했을 때 남편이 반대를 하더라고요. 입원시키면 애가 더 나빠진다면서요. 가만히 생각하니까 그것도 맞는 것 같았어요. 부모 맘대로 애를 입원시키면 걔가 나를 얼마나 원망했을까? 그때 남편이 말려 준 게 너무 고맙고 살아 준 게 고맙지요.

제가 힘들어할 때 여러분들이 "그냥 도망가라. 잠수 타세요."라며 제 편을 들어줘서 너무 위로가 됐거든요. 지금도 그 마음은 유효합니다. 그래서 현실에서 도망치고 싶고 혼자 자유롭게 살고 싶은 욕망이 있습니다.

그러니까 두 번째는 제가 언제까지 이 사람들한테 인정받으려고 노력을 할 건지 고민이에요. 내가 보는 나와 남이 보는 나. 여기에서 균형 잡는 게 참 힘들어요. 애한테는 "남의 눈이 뭐가 필요하냐? 네가 스스로 만족하고 네 속도에 맞춰서 천천히 가라."고 해놓고 제 스스로는 그게 안되더라고요.

저 또한 남이 인정해 주는 나, 기대만큼 성취하는 내가 굉장히 중요한 사람이었는데 몰랐어요. 그러니까 애가 '엄마는 이중인격자'라고 느끼는 거죠. 그래서 저도 저와 일치시키는 게 좀 필요한 것 같아요. 언제까지 남의 눈치만 보고 인정받으려고 하는지. 죽을 때까지 그렇게 살 건지 묻고 싶네요. 이제는 내가 만족하는 나로 좀 살아야 될 텐데... 그 공부가 많이 필요하단 생각이 들었습니다.

아이들을 과일에 비유하면 포도고 토마토인데 내가 좋아하는 사과가 되라고 얘기했던 것 같아요. 아이의 그릇은 요만한데 자꾸 넓어지라고 말이죠. 그건 받아들일 수 없는 건데 말이죠. 이제는 그냥 옆에 있고, 행복하고, 안전하다면 그 자체만으로 만족하죠.

예전에는 당신들 장손 이렇게 잘 키웠다고 보여주고 싶은 마음이 있었던 것 같아요. 저는 딸만 있는 집이라 장손이란 자리를 못 느끼고 자랐어요. 결혼해 보니까 아들이 귀한 집이라 저도 여기서 내 자리를 지켜야겠다 생각을 했어요.

애는 할 생각이 없는데 자꾸 이거 해라, 저거 해라 시켰던 것 같아요. 신랑은 자수성가한 사람이라 돈으로 서포트하면 되겠구나 했던 것 같아요. 잘못된 생각이었어요.

그래서 반성하고 아이한테 "너가 행복하면 돼. 네가 할 수 있는 걸 해 봐."라고 말했어요. 그렇게 하는데도 현실이랑은 갭이 크고 욕망은 그냥 욕망일 뿐이었어요. 지금은 아이 색깔을 인정해주자 그런 생각이에요.

저는 욕망이 뭔지도 몰랐던 것 같아요. 행복하게 살고 있다 생각했는데 지금 보니 그때부터 중심을 잃었던 거죠. 주변의 욕망을 막 주어다가 살지 않았나 싶어요. 자녀교육, 재테크, 자기계발 등 좋아 보이면 갖고 싶고, 가지려고 보니 할 게 너무 많았어요. 제대로 되는 것 없이 바쁘고 몸은 힘들었죠.

시간이 지나 아이를 통해서 나의 부족함을 느꼈어요. 아이가 자기 욕망을 얘기할 때 부끄럽고 쪽팔렸어요. 진짜 나는 나에게 집중해 보지 않았는데 말이죠. 말로는 맨날 나를 찾고 싶다고 했지만 정작 행동은 우왕좌왕한 것 같아요. 욕망도 결국 나를 찾아야 가질 수 있다는 걸 배운 거죠.

진짜 내가 원하는 욕망은 삶의 원천이라는 생각을 해요. 저는 중학교 때도 공부를 몰랐어요. 그런 인식 자체를 못했고 부모님도 푸시를 안 했어요. 왜냐하면 당신들 살기도 바쁘니까요. 중2 때, 반에서 꼴찌하는 친구가 저를 무시하는 거예요. 친구는 공부도 꼴찌고 머리에 이도 있었거든요. 왜 쟤가 나를 무시하지? 거기에 충격을 먹었어요. 저도거의 하위권이었거든요. 그때부터 공부를 시작해 재미를 느꼈어요. 그러면서 선생님들과 친구들에게 인정을 받았어요. 하면 되는구나! 하면 인정받는구나! 그 힘으로 살아왔어요.

그러다 아이를 키우는데 이해가 안 되는 거예요. 하면 되는데 왜 안해? 저는 그렇게 살아본 적이 없었던 거죠. 과거는 필요없지요. 지금은 아이가 밖으로 나갔으면 좋겠는데, 이 또한 욕망일까요? 그렇다면 저는 지금도 과도기에 있나 봐요.

저는 원래 욕망이 없었던 것 같아요. 그냥 물에 물 탄 듯 술에 술 탄듯 살았어요. 어려서부터 순하고 착하단 소리를 듣고 자라서 내가 욕망이 없구나 했어요. 뭘 해야겠다는 생각이 없었는데 이제 아이를 키우면서 욕망이 생긴 거죠. 지금은 그냥 남들처럼 평범하게 살고 싶은데 그게 어렵네요. 아이가 아프면서 '내가 좀 잘 나야 된다.'는 욕망이 있었어요. 주변에 말도 못하고 아이를 집 안에 숨겨두고 살았어요.

어느 날 남편이 시댁에다 말을 한 거예요. 왜냐하면 명절에 모이면 아이가 이상하잖아요. 그래서 형님들이 위로 전화를 했는데 안받았어요. 위로를 받는 게 싫어서 말도 안 한 건데 큰 형님이 그러더라고요. "애 혼자 두고 직장 다녀도 괜찮아?" 근데 그 말이 상처였어요. 그래서 그 뒤로는 시댁을 가면 더 애를 감싸고 아무렇지 않은 척을 했어요. 아이를 위한 건지, 나를 위한 건지는 모르겠지만 그땐 그 자존심이 욕망이었나 봐요.

남들에게 잘 보이고 싶은 마음! 괜찮은 척하는 마음! 이제는 아이 자체를 인정하고 아이가 남들에게 어떻게 보이든 아무렇지 않아요. 그냥 사람들과 만났으면 좋겠어요. 아이를 도와 주는 게 지금의 욕망이라고 해야겠죠. 다른 건 없고 그거에요. 아이가 또래들처럼 사람 만나고 떠들고 다녔으면 좋겠어요. 일을 하든 학교를 가든 그런 거는 이제 상관이 없고요. 그게 제 진짜 마음입니다.

현실의 나와 꿈꾸는 나와 거리가 멀어 그게 힘들었던 것 같아요. 어렸을 때 나는 착한 딸이 되려고 순종적으로 컸던 것 같아요. 그러다 보니 제 주장을 제대로 못했어요. 억지로 시킨 건 아닌데 제가 스스로 양보를 택하더라고요. 근데 그게 두고두고 억울하고 화가 났어요. 성장하면서 양보하고 착하게 살았는데 왜 그들보다 나는 더 힘들게 사는지 모르겠어요. 자매들끼리 친하면서도 속으로는 그런 좌절감과 열등감이 남아있더라고요. 치유되지 않으니까 그게 연결되어 지금까지도 너무 힘들어요. 그렇다고 제가 원하는 걸 따라갈 수도 없는 상황이에요.

진짜 원하는 것도 못하면서 왜 이렇게 힘들게 살아왔을까? 그런 생각이 드네요. 곧 60인데 내가 언제까지 그런 마음을 갖고 살아야 하는지… 내가 가질 수 없는 건 과감히 포기하자 해놓고 애랑 조카들하고 비교하며 상처도 받았어요. '나 이거 다 회복할 거야.' 그런 욕망을 계속 가지고 있었더라고요.

이 시점에서 내가 가질 수 없는 거는 과감하게 놓아버리자 그냥 그 사실을 좀 인정하자. 그것만 가지고 있습니다.

4.
은둔
– 세상에 대해 자신을 보호하기 위한 최선의 선택입니다

사람들 앞에서 자기 얘기를 한다는 게 쉬운 게 아닌데
솔직하게 말씀 나눠 주셔서 감사합니다.
이 공동체가 그만큼 안전하다는 뜻이겠지요.
이번 주제는 '은둔'입니다.
우리 공동체가 존재하는 이유이기도 합니다.

은둔에 대한 여러분의 기본적인 생각부터
각자 경험한 은둔을 바라보는 시각도 좋습니다.
'은둔'이란 단어 자체만으로도 괴롭고 힘들수 있겠지만
얘기를 나누다 보면 도움이 되리라 생각됩니다.

평생 모르고 살아도 좋겠지만
'은둔'은 우리 모두의 화두가 된 사회에 살고 있습니다.
개인적인 일을 넘어서 도움을 주고받아야 할 사회문제라고 생각합니다.
특히 은톨이를 품은 가족이라면 더 적극적으로
이 문제에 대해 고민하고 연구해서 서로 나눔해야 합니다.
그러니 이번 주제만큼은 더 귀를 기울여 듣고 싶습니다.

지나고 보니까 은둔이란 우리 아이들이 튼튼한 뿌리를 내리는 기간이었던 것 같아요. 성장하다가 멈춰서 숨 고르는 시간이었다고 표현하고 싶어요.

　'은둔'이란 소리를 처음 들었을 적에 눈물이 났어요. 제 여동생이 "쟤는 은둔 그거 아냐?" 그러는데 너무 열받아서 기가 막히더라고요. 인정을 안 했는데 애가 점점 그렇게 생활을 하니까 할 수 없이 하게 되더라고요.

　그랬는데 너무 힘들었어요. 나는 솔직히 너무 길어가지고 포기를 했는데 한 3년 전인가 우연히 대표님을 만났어요. 사실 그때도 어떻게 할 줄을 몰라 크게 관심을 안 가졌어요. 그러다가 우리 애를 은둔에서 벗어나게 하는 것보다도 내가 모르는 게 너무 많구나. 모르는 게 너무 많아 애한테 또 그렇게 대해줬구나 생각했어요. 그거를 좀 느끼니까 조금씩 참여를 하게 됐고 그러다 보니 시행착오를 많이 겪고 그랬어요. 은둔이라는 거에 대해서 모르니까.

　"도대체 엄마가 왜 이런 걸 하는 거야?"

　자기는 은둔 아니라 이거지요. 직장 나가고 돈 버는데 아니란 거지. 내가 얘기를 하고 싶어도 안 먹히는 거야. 걔는 이런 데 나가는 건 엄마가 헛된시간을 쓰고 다니는 거다 이렇게 얘기를 해요. 아들이 그렇게 말해도 내가 조금 더 배우고 느끼고 또 바뀌니까 아들도 조금씩 달라지기 시작했어요. 그래도 저는 은둔에 대해서는 아직도 모르는 게 많다는 생각입니다.

저는 '그 시간과 그 공간에서는 최선의 선택이고 어쩔 수 없었다.'는 생각이 들고요. 그리고 세상과 타인에 대한 어떤 두려움이 강해서 자신이 할 수 있는 최선이었던 것 같아요. 은둔은 자신이 가질 수 있는 마지막 방패 같은 거죠.

자신의 지금 성향을 가지고는 이 세상에서 살아갈 수 없을 거라는 절박함 때문에 문을 잠갔다라는 생각도 들고요. 어쨌든 세상에 맞설 무기를 만들고 개발하기 위한 마지막 준비가 은둔이었다는 생각을 합니다.

근데 혼자서는 그 무기를 개발하는 데 한계가 있는 거죠. 우리가 같이 아이를 인정하면서 도와줄 수 있는 방법을 찾아보면 좋겠습니다.

저는 은둔이 인정이 안 되고 신랑도 왜 이런 데 나가는지 인정을 못 했어요. 우리 아이는 아니다! 계속 부정하고요. 근데 지금 생각해 보면 그 카테고리가 비슷한 것 같아요. 그냥 은둔이든 아니든 아이를 키우는 과정에서 다 도움이 되는 말이고 같다고 생각해요.

아이를 인정하고 기다려주고 다 비슷한 말인데 그거를 우리 아이들이 좀 예민하고 소극적이니 이해해 주고 다르게 봐줘야 했어요. 융통

성없이 계속 밀어붙이다 보니까 저희 아이도 도저히 안 되겠다 싶어 그냥 방문을 걸어 잠그고 숨었던 것 같고요.

근데 은둔을 나쁘게만 보면 정말 숨게 되는 것 같아요. 비판적이고 안 좋은 시각도 인지하게 되고요. 저는 쉬는 기간! 부정적인 것만은 아니고 잠깐 충전하는 거라고 말하고 싶어요. 그게 짧으면 좋겠지만 길면 힘들어지는 거잖아요. 그래서 저는 여기 모인 언니들을 좋게 생각하는 게 그냥 내버려둘 수도 있는데 이렇게 나와서 활동하시는 거 보면서 자극이 돼요.

아이를 키우는 데 맥락은 같은 거죠. 은둔이라고 다른 거는 없잖아다. 방향이 약간 다르다, 이 정도니까 막 슬퍼할 것도 아니고 언젠가는 좋은 날이 있을 거에요.

저는 햇수로 한 4년 되는 것 같아요. 근데 결론이 뭐냐면 '필요 조건이다'. 저는 자신 있게 얘기할 수 있어. 필요하다고 봐요. 아이들은 우리보다 용감해요. 사실 우리도 한 때는 은둔하고 싶었잖아요. 근데 책임감, 눈치, 위치, 현실 생존 때문에 못했지 솔직히 하고 싶잖아요. 하고 싶었잖아요. 했어야 되잖아요. 그렇지만 우리는 못 했거든요.

근데 이걸 아이가 하는 걸 보며 아, 이건 필요한 거구나 생각했어요. 누구나 수도자가 되지는 않더라도 살면서 나를 찾기 위한 시간은 필요하잖아요. 그렇게 결론이 나더라구요. 그런데 그게 왜 힘들었냐? 좀 어릴 때 하니까 놀랐지요. 아이가 자신을 찾기 위한 몸부림이 처절하고 외로운 싸움을 하러 혼자 가는 것 같은 거죠.

왜 나도 못했던 그 길을 16세가 한다고 하니 이거는 너무 말이 안 됐던 거였어요. 그래서 당황했고 불안했고 걱정을 했는데 지나고 보니까 한 번은 해야 될 것 같았어요. 어느 날은 대놓고 이렇게 할 수 있는 거는 '용기'라고 말했어요.

그리고 은둔하는 모든 아이들이 사실은 대단한 거죠. 애들이 무서워서라도 학교 가고 학원 가고 출근하고 다 하거든요. 근데도 못하는 건 자신을 이기는 거잖아요. 나를 보호하기 위해서 방에 자신을 가두는 거잖아요. 이렇게 은둔한다는 것 자체가 그래서 유일한 방법이었고 최선의 안전인데 이게 사회에서 인정해 주기가 또 쉽지 않은 거고요. 그렇지만 한 번은 했어야 되고 이게 30대, 40대, 50대라면 더 힘들잖아요. 그냥 한 가족을 다 무너뜨리는 거니까요. 그래서 우리가 보호자로 있을 때 아픈 거는 다행이지 않나 싶어요.

저는 어떤 얘기를 하고 싶냐면 얘네들은 우리보다 낫다는 거죠. 그것만은 확실한 것 같아요. 어느 누구든 은둔의 시간은 좀 필요한 거 아닌가 이렇게 생각합니다.

아이가 중3 때부터 등교거부와 지각, 학원도 안 가고 그랬어요. 고등학교 들어가서는 바로 학교가 코앞인데도 제가 아들을 데려다 줬어요. 등교를 시키고 집에 오면 한두 시간 지나서 담임 선생님한테 전화가 와요. 아이가 학교를 안 왔다고요. 엄마가 데려다 주니까 할 수 없이 들어가긴 하지만 다시 나온 거죠. 애는 혼자서 옆동 아파트 계단에 몇 시간씩 앉아 있거나 아니면 상가 계단에 앉아 있거나 했더라구요. 그런 걸 봤을 때도 저는 아이한테 이렇게 말했어요.

"너가 그렇게 숨지만 말고 친구가 없고 그러면 그냥 공부에 매진해보는 게 어때."

"공부 잘하면 아무도 널 무시하지 못하잖아. 너의 힘을 좀 키워보는 게 어때?"

제정신이 아닌 거죠. 그땐 어느 정도 심각했는지 몰랐거든요. 그렇게 상담도 다니고 했는데 그땐 저도 성숙하지 못했기 때문에 그런 말을 했어요. 애가 숨었던 게 학교 폭력으로 인해 자존감도 떨어지고 그러면서 스스로를 가두고 조금씩 문을 닫는 거예요. 친구도 아예 안 사귀고 간신히 전문대를 들어갔어요. 대학에 들어가면 달라질 줄 알았는데 하나도 안 달라졌어요. 졸업해도 똑같고 그 사이 저는 조금씩 애를 포기했어요. 더 이상 말도 안 듣는 애를 내가 어떻게 하냐구요. 그게 이제 한 5, 6년 된 거예요.

애가 전문대를 졸업하고 그냥 집에만 있더니 20대 후반이 되고 이제 몇 년 있으면 서른을 바라보네요. 내가 방치한 거 아닌가? 내가 뭐라도 해야 되는 거 아닌가? 이렇게 방법을 찾기 시작했어요. 작년에 여기 협회를 알게 되었고 와서 느낀 게 많았어요. 내가 아이를 방치하는구나! 후회가 되더라구요. 저도 그때는 너무 지쳐 있었으니까 그냥 나도 모르겠더라고요. 상담 가자 그래도 안 가는데 뭘 할 게 없잖아요.

근데 이렇게 선배들의 말씀도 듣고 저도 공부해 보니까 우리 아이한테 은둔은 자기를 지키기 위한 방어였던 거예요. 자기 자신을 보호하기 위한 노력, 처절한 몸부림 그런 거더라고요. 학교 생활의 힘든 점과 사춘기를 혼자서는 어찌할 수 없었던 것 같아요. 그래서 숨다 보니 '은둔'이 된 거고요. 알고서 선택한 건 아니잖아요. 그래서 안타까워요.

저는 아이 초등학교 3학년 때 학교에 불려갔거든요. 근데 적극적으로 선생님 편을 든 거예요. 우리 애가 따박따박 말대꾸를 하니까 애 편을 못 들어준 거죠. 제가 학교라는 권위에 너무 쉽게 편을 들었어요. 내가 마치 죄를 지은 것처럼요. 사실 애한테 먼저 물어보고 문제와 대면해 주고 선생님께도 당당하게 얘기를 했어야 했는데... 제가 그 말을 한 마디도 못하고 100% 학교 말을 들어줬던 거죠.

지금 생각해도 아이에게 미안해요. 두고두고 신경이 쓰이죠. 그게 아이 마음속에도 꼭꼭 숨어있었던 거예요. 저는 그걸 한 20년 지나고 압니다. 당당하게 '우리 애가 그래도 이런 건 잘하지 않습니까?' 이 말을 한마디도 못하고 그렇게 100% 선생님 말만 들어준 게 많이 미안합니다.

저희 아이도 어려서부터 이런 기질은 있었는데 그때는 은둔이라는 개념이 없었기 때문에 몰랐어요. 다들 대학만 가면 나을 거라 했고, 형도 대학 가서 학교 생활을 잘했기 때문에 그럴 줄 알았어요. 작은 아이는 지방대학이라 자취방을 얻어주고 괜찮을 거라 믿었어요.

대학 1학년 근로자의 날, 서프라이즈 해 주려고 남편과 자취방을 찾아갔는데 아이가 학교도 안 가고 어두운 자취방에 누워 있더라고요. 억장이 무너진다는 말이 이런 거더라구요. 그걸 보고 바로 데리고 올라왔어요. 바로 자퇴하고 그때부터 집에 있는 건데 아이 마음을 몰랐던 게 제일 미안하죠. 이제 보니까 우리 아이 같은 경우는 욕심이 되게 많아요. 이상은 높은데 현실이 따라주지 않으니까 진짜 자포자기하고 안으로 숨었던 거예요.

자기만의 틀 안에 자기를 가뒀다고 생각해요. 그리고 본인도 빠져나갈 돌파구를 찾지 못하고 있고요. 답이 안보이는 거죠. 근데 본인도 나올 때 알을 깨지만 바깥에서 어미도 같이 쪼아야 되잖아요. 그때 그걸 못했어요. 서로 상황이 맞지 않고 엇갈렸어요. 이제는 아이가 그 틀을 깨고 나올 수 있도록 저도 도와줘야해요. 그리고 아이가 그 틀을 깨고 나올 때까지 기다려주는 게 제 숙명이라고 생각합니다.

자취방에서 누워 있던 아이를 생각하면 이렇게 알바하며 사는 것만으로도 그냥 감사하죠. 조금씩 나아지는 걸 기대하면서 하루하루 보내려고 합니다. 이상입니다.

저는 애한테 원하는 기대치가 있는데 아들이 그걸 못 해주거나 못 알아줬을 때 너무 한심하다고 생각했어요. 그냥 적이 돼 가지고 아들을 너무 공격했던 것 같아요. 아들편이 되어주고 이해해주고 보듬어줘야 되는데 남들이 욕하는 것보다 배로 공격을 했던 것 같아요. 아들이 회사를 다니다 어느 날 무단결근을 했다고 연락이 온 거에요. 그런데 저는 그게 좀 이해가 안 되었어요. 아니 성인이라면 회사에 제대로 사표 수리를 하고 그만 두어야지. 자기 표현을 안하고 그냥 짐도 안 가지고 오면 어쩌자는 건지 화가 났어요.

정말 이상하고 못난 놈이라 생각했어요. 내가 회사 입장이라 무책임한 아들이 너무 이해가 안 되었어요. 그러다 보니 아들을 공격했죠. 퇴직금이라도 받을 거면 니가 그렇게 하고 오면 안 된다. 며칠만 더 있으면 보너스 받는데 그거라도 받고 와야지. 세상 살아가려면 머리를 써야지. 그래도 1년은 채워야지.

지나고 보니 그게 문제가 아니라 아들이 진짜 힘들었을 것 같아요. 걔 편이 돼주지 못했던 게 너무 미안하고 그때는 제 스스로 더 화가 났었어요. '나한테 연락 안 해도 좋으니까 너 혼자 알아서 잘 살았으면 좋겠다.' 그런 마음이었어요. 근데 아들이 저와의 관계를 풀지 못한 상태에서 어디 가서 힘을 펴고 살 수 있을까 그런 생각이 번뜩 드는 거예요.

은둔한 기간은 1년이지만 이 기간이 없었으면 애하고 사이가 좋아질 수 있는 기회가 전혀 없었을 거예요. 그 기회를 통해서 아들을 좀 더 알아가고 이해하고, 내가 못했던 부분도 생각하게 되었어요. 이제 조금 더 친해지려는 귀한 시간이 된 것 같아서 진짜 다행이죠. 걔가 진짜 마음 먹고 독립을 해가지고 "엄마 얼굴 안 봐!" 그랬으면 영원히 그냥 각자의 삶을 살아가고 있겠죠? 생각만 해도 끔찍하네요.

5.
질문
- 나를 성장시키고 힘든 상황을 헤쳐나가려고 합니다

이번 주제는 '질문'입니다. 질문이라고 하니까 좀 막막하신가요?
그래서 주제로 정했습니다.
우리 은톨이들이 가장 힘들어하는 부분이기도 할 겁니다.
세상에 대한 질문이 많고 제대로 된 대답을 구할 수 없어
힘들어하는 경우도 있기 때문입니다.
자신의 처지가 편하게 나갈 수 없는 사회에 대해
누군가에게는 묻고 싶을 것 같기 때문입니다.

"나는 어떤 질문을 하며 살고 있나?"

이런 질문을 해보신 적 있으신가요?
"사는 데 질문이 필요한가요?"라고 되물으실 수도 있지요.
그렇습니다.
살기도 바쁜데 무슨 질문이야~ 그냥 닥치고 살아.
이런 게 현실일 수 있습니다.

하지만 이젠 우리도 질문이란 걸 해야 합니다.
그게 나라와 사회에 대한 것이든 가족에 대한 것이든 말입니다.
물론 가장 첫 번째 질문은 자신에게 하는 것이겠지요.
그럼 시작해 봅시다.

누구한테나 내가 먼저 희생하고 양보를 했어요. 딱히 바라는 거는 아니지만 언젠가는 보답을 받으면 좋겠다고 생각했어요. 나를 위로해 주면 좋겠고 '네 덕분에, 너 때문에 고마웠다.' 이렇게 누군가는 나를 알아주면 좋겠는데... 현실은 이런 것들을 안 하고 산단 말이에요. 그래서 우리도 그 안에서 뭔가 폭발하는 지점이 있어요.

내가 질문을 하고 살았나? 이런 것도 새롭게 바라보면 나는 괜찮나? 나는 뭐 하고 있나? 나는 뭘 좋아하나? 이렇게 스스로한테 던져보면 좋았을 거예요. 하지만 내가 뭘 잘못했길래? 라는 반발심이 있었어요.

저는 엄마가 일찍 돌아가셔서 내가 살림을 하고 동생들을 돌보았어요. 아버지는 맨날 야단만 치고 그랬어요. 그래서 도피성으로 진짜 선보고 바로 시집을 갔어요. 그러다 보니까 남편도 미워지더라고요. 왜냐하면 남편도 정이 없었어요.

돌아가신 엄마한테는 애틋한 마음을 가지고 불쌍하게 생각했는데 어느 순간 우리 엄마가 너무 미운 거예요. 내가 공부를 더 하고 싶었는데 우리 엄마가 나를 안 보내줬어요. 왜냐하면 집안에 돈 버는 사람이 없었거든요. 아버지가 백수니까 어린 내가 나와서 돈을 벌어야 했어요. 나만 동생들 돌보고 오빠는 또 공부를 시켰어요. 그러다 보니까 나만 억울하게 된 거죠. 그때는 너무 어리니까 그런 걸 생각 못했어요. 다 커서도 그리운 마음만 있지 왜 나한테 이런 시련이 있는가? 이런 생각을 안 했어요. 정신을 차리고 보니 다들 나한테 와서 뭔가를 요구했어요. 진짜 내가 필요할 때는 그들이 하나도 안 도와주면서 말이죠. 그거에 대해서 막 울분이 쌓이더라고요.

부모도 밉고 나쁜 생각도 했는데 지금은 많이 사그라져서 많은 부분 이해가 되어요. 내 뜻대로 주장을 못 피고 살았다는 것이 지금도 가슴에 사무치고 그래요. 지금이라도 내가 하고 싶은 대로 살고 있습니다.

저도 나처럼 열심히 사는 사람한테 왜 이런 일이 일어날까? 그랬는데 제가 듣다 보니까 그러면 그 불행은 특정한 사람한테만 생겨야 돼? 왜 너는 아니라고 생각해? 왜 너만 아니어야 돼? 싶더라고요. 그러니까 왜 나만 아니면 돼? 이렇게만 생각을 했는데 '나도 그럴 수 있다.'는 생각이 들었어요.

요즘에는 이게 내 인생을 조금 더 역동적으로 만들어준다는 생각이 들어요. 지금도 밤 9시에 우리 아들이 집을 나갔다고 그러거든요. 근데 저는 믿어요. 아이가 나가서 잘 돌아올 거라는 걸요. 그러니까 상황은 항상 정해진 게 아니고 인간은 이제 자유 의지를 가지고 만들어 갈 수 있다라는 거죠. 일주일 내내 제가 집에 있었으면 우리 아들이 밤 9시에는 안 나갔을 거예요. 근데 제가 지금 나와 있기 때문에 아들도 나간 것 같아요. 나가서 사고를 치는 게 아니고 나가서 하고 싶은 일이 있는 거겠지요. 집에만 박혀 있는 것보다는 노래를 부르더라도 나갔다 오는 게 낫다고 생각합니다.

그리고 나도 가끔은 이런 외출을 해도 된다는 당위성이 생겼어요. 이런 모임이 없었다면 어제와 똑같은 오늘, 오늘과 똑같은 내일을 맞이하지 않을까? 라는 생각이 듭니다. 그래서 엄마의 자유 시간, 엄마도 이렇게 1박 모임을 하는 게 필요하다 싶어요. 우리 아들도 마음대로 나

가서 돌아다니고 하면 좋겠어요. 우리 아이들은 나쁜 짓을 못하잖아요. 스케일이 좀 작아서요. (웃음)

저는 여태까지 질문을 저한테 한 번도 해본 적이 없어요. 저는 순종적이었고 부모님이 너 이렇게 해봐! 하면 했고 그냥 그게 정답인 줄 알았어요. 제 의견이 뭔지도 모르고 의견이 있는지도 모른 채 그렇게 살았는데... 그래서 우리 아이가 막 바락바락 대들었던 게 이해가 안 됐던 거예요.

아들이 제 말에는 '알았어.' 이렇게 할 줄 알았어요. 그렇게 안 하니 우리 아들이 이상하다고 생각했어요. 지금 보면 애는 정상적으로 자기 의사표현을 했던 것 같아요. 그런데 제가 나처럼 살기를 원했던 것 같아요. 내 기준점과 다르게 싫다고 하니 제가 더 민감하게 반응했어요. 얘가 왜 이러지? 막 이상하게 봤던 것 같아요.

그래서 이제는 질문을 나한테 하면서 사는 것도 나쁘지 않다고 생각하고요. 저의 수동적인 삶이 정답이 아닐 수 있다고 생각합니다. '내 잣대로 모든 걸 보지 말자.'

아이가 "엄마 말이 왜 정답이라고 생각해? 내 생각도 있는데." 그런 뼈 때리는 말을 하니 저도 이제 반성을 해요. 나보다 더 잘 살려고 하는데 엄마만큼만 살아. 이렇게 말하는 것 같아서 미안했어요. 여태까지 한 거를 보면 대부분 네가 옳았어. 그냥 이렇게 힘을 실어주는 게 필요한 것 같아요.

(참석자) 놔둬요. 그러니까 애들한테도 뭐라 하지 말고요. 진짜 명심하자고요.

이 주제는 아이가 은둔을 하면서 좀 더 표면화됐던 것 같아요. 세상에 대한 모든 게 질문 덩어리였죠. '나 왜 이렇게 힘들어?'부터 시작해서 '나 어떻게 할 건데?'까지, 그리고 또 '내가 성인이 됐을 때 내가 뭘 하며 살지?' 등 끝이 없었어요. 어린 나이에 이런 질문들을 하다니, 나도 해보지 않고 살았는데... 말이죠.

그래서 그냥 숨만 쉬어도 돼! 제가 그때 그랬던 기억이 나요. 너무 화가 나서 "네가 왜 그걸 걱정하냐? 너는 그냥 숨 쉬고 학교 가고 밥만 먹어줘도 돼. 내가 다 할 거니까. 너는 학교만 가." 그 얘기하고 제가 몇 시간 당했죠. 아이는 울고불고 난리였거든요.

사실 어떤 아이들은 침묵했고 우리 아이는 말을 했을 뿐이죠. 그래서 그걸 한 4년 했잖아요. 자고 나면 질문이었어요. 아니 어떻게 인간이 그럴 수가 있죠? 침대에만 있는데 자고 나면 다 질문이에요.

자기가 몇 년 후, 10년 후 그리고 뭘 전공해야 되는지, 내가 좋다면 이게 진짜 맞아? 엄마가 어떻게 증명할 거냐고 화를 냈어요. 아니 그걸 내가 어떻게 아냐고요. 자기한테 묻는 거니까 들으래요. 생각이 너무 많으니까 막 쏟아지는 거에요. 질문 좀 안 하면 안 되냐고 하니 어떻게 질문을 안 하고 생각을 안 하고 밥을 먹고 잠을 잘 수 있겠냐고 해요.

그 모습을 보면서 나도 질문을 해야 되지 않나 했어요. 나는 내 삶에 만족하는지, 나는 행복한가? 지나고 보니 이런 게 결국은 '자기 돌봄'

아닌가 그런 생각이 좀 들었습니다.

　나는 질문을 하며 살고 있나? 그 물음에 생각을 해보니 답이 나오네요. 질문을 하며 살지 않았어요. 그냥 원망만 하며 살았어요. 질문이 아닌 원망이었죠. 쟤는 왜 저러지? 이해가 안 돼. 왜 그렇게 할까? 그냥 이해할 수 없는 원망만 하며 살았어요. 그걸 역으로 내 자신한테 물어보았어요. "너는 아이가 왜 미워?" 그럼 또 거기에 대한 대답이 나오고 또 묻고 하면서, 나한테 질문을 해줬으면 제 스스로 답을 찾아갔을텐데...

　내 스스로 마음을 읽어주고 그러면 아이에 대한 원망이 끝났을 것 같아요. 그래서 좀 더 온화하게 아이를 대할 수도 있고 이렇게 되지는 않았을 것 같아요. 후회가 되네요. 저는 왜 세상에 대해서 원망하고 이런 환경에 대해서 후회만 하며 살았을까요. 얘기를 나누다 보니 매일 몇 개라도 '질문목록을 만들어보면 어떨까?' 이런 생각이 지금 들어요.

　늦었지만 좋은 방향인 거 맞죠? (일동 박수)

　저도 따로 질문을 하며 살아본 적은 없고요. 그냥 이 질문을 받으면서 나에게 질문을 해야 하나? 생각하게 됐어요. 나에게 질문을 하면 무엇이 달라질까 했는데 아까 질문을 함으로써 성장한다고 하셨나요? 그래서 그 말을 들으면서 내가 성장하는 방법 중 하나겠구나 싶어요. 이제라도 질문하면서 살아야겠다고 생각했습니다.

나에게 닥친 일들에 대해서 많이 힘들었어요. 근데 또 지나고 나니까 견딜만했더라고요. 그때는 죽을 것 같았어요. 정말 아침에 눈 뜨기가 싫고 그냥 이대로 놓아버리고 싶은 그런 게 있었어요. 가끔 생각나는 건 '나 그때 안 죽기를 진짜 잘했네.' 그런 생각도 요즘에는 들어요.

또 힘든 일을 겪으면서 저도 성장을 하게 되는 것 같아요. 제가 내 맘대로 애들을 키웠으면 또 그런 거에 대한 아픔을 몰랐을 텐데, 이제 다양한 생각도 하고 어느덧 저도 다른 사람을 위로해 주고 있더라고요.

직장에서 퇴사하려는 친구가 있었어요. 근데 두고두고 그 직원한테 고맙다는 소리를 듣고 있어요. 그때 제가 자기를 잡아줘서 너무너무 고마웠다고요. 부족하지만 어떻게 제가 위로를 해줬나 봐요. 그래서 내가 힘든 거를 겪으면서 나도 성장을 하고 있구나. 또 이해하고 있구나 싶고요. 삶의 폭이 더 넓어지고 있구나! 하는 그런 생각도 듭니다.

6.
위로
– 끊임없이 쫓는 게 아니라 저절로 찾아온 선물입니다

'질문'에 관한 다양한 경험을 말씀해 주셨는데
많은 도움이 될 것 같습니다.
단어 하나에 이렇게 많은 얘기가 나오다니,
정말 놀랍고 좋습니다.

이번 주제는 '위로'입니다.
말만 들어도 가슴이 몽글몽글해지고 끌리는 느낌을 받습니다.
긴장했던 몸이 풀리는 느낌까지 들 정도입니다.
대부분의 엄마들에게 '위로'라는 단어가 주는 느낌은
매우 다양할 것 같습니다.
주는 것 뿐만 아니라 듣고 싶은 말이기도 하니까요.

은톨이 당사자에게 가장 필요한 게 '위로'일까요?
막상 위로를 해 준다 해도 받을지는 의문입니다.
위로 받는 것조차 스트레스로 의심하게 되거든요.
왜냐하면 이 말은 누가 누구에게 또는
어떻게 전하는지가 관건인 것 같습니다.
기분 내키는 대로 후다닥 줄 수 있는 감정이 아니거든요.
아주 조심스럽고 부드럽게 다루어야 할 사랑표현입니다.
여러분의 생각은 어떠신지요?

가족 자체가 위로인 것 같아요. 가족으로 인해 상처도 받고 힘듦도 있지만 행복도 있고 위로도 받잖아요. 그리고 모임 사람들도 위로입니다. 같이 얘기하고 공감하고 '지금으로도 충분해.' '그동안 수고했어.' 이런 말도 해주고요. 저는 뭐 잘했다고 얘기 듣는 것도 감사하고 아무튼 위로를 많이 받았어요.

　제가 협회 모임에는 참석을 많이 못했어요. 그런데 저도 모르게 끌림이 있었어요. 여기서 배움도 있었고 제가 성장할 수 있는 그런 게 있었어요. 이번 기회에 참석해 보니 좋은 수업이었어요.

　학창시절에도 글쓰기나 그림에 취미가 있었던 건 아니에요. 삶이 엮이면서 독서나 이런 활동이 멀리 있는 게 아니라 내 삶 속에 있다는 거를 깨달았죠. 책도 재미있는 거구나! 책에서 힘을 얻는 거구나! 이런 것도 느꼈어요. 아무튼 좋은 수업이었고 선생님께도 감사드립니다.

　위로! 이렇게 모이는 것 자체가 위로지 않나 생각해요. 처음 협회를 만들 때 고민했던 부분들이 있었어요. 어떻게 하면 서로 배우고 나눌까? 지금처럼 같이 모여서 나누다 보면 서로 다른 관점들이 보이잖아요. 다른 관점을 통해 배우고 감동을 받기도 하고요. 이런 경험을 은톨이 부모들이 나누면 좋겠다는 게 기본 생각이었어요.

　나는 지나쳐서 잘 보지 못했는데 다시 보니까 '그 영상이 좋네.' 이러면서요. 서로 위로를 나누든지, 감상을 나누든지, 뭐라도 나누다 보면 굉장히 위로가 되면서 또 성장이 된다는 말씀만 드리고 싶습니다.

(참석자) 그전에는 내 자신에 대한 위로가 너무 없었어요.

(참석자) 맞아요. 진짜 내 자신이 너무 싫었는데 말이죠. 나를 위로하니까 저절로 남을 좋게 보는 것 같아요.

한때 같이 만나던 엄마들을 부러워했어요. 자존심이 떨어져 있을 때라 그랬나 봐요. 그런데 어느 순간 주위를 보니 그 자식들도 힘든 시간이 있고 남편들도 주식 하다가 다 말아먹고 했어요. 그런 거 보니까 우리 애가 힘든 것과는 비교도 안 되더라고요. 각자의 어려움이 있는 건데 저도 모르게 위로가 되더라고요. 지금 생각하면 부끄러운데 그땐 그랬어요.

남편도 엄청 술을 먹었는데 어느 순간 술을 딱 끊으면서 아주 가정적으로 됐어요. 원래 성격도 좋았는데 술을 안 먹다 보니까 더 가정적이고 아주 '나 아니면 안 된다.' 이런 식으로 변했어요. 그러다 보니까 가정생활도 편안해지고 마음에 위로가 되는 거예요. 아들이 좀 더 나아지면 좋겠지만 그래도 사는 동안 지금이 제일 좋아요.

저도 위로가 필요하다는 생각을 한 번도 못 해보고 살았던 거 같아요. 근데 요즘은 그걸 느껴요. 인간은 모두 '위로가 필요하다'는 것을요.

엊그제도 집단 상담을 하는데 제가 이런 얘기를 했어요. 우리 애가 어떻고 시어머니가 어떻고 했더니, 너무 잘하고 있다고 하셨어요. 그러니까 본인이 스스로한테 너무 공격하거나 2차 가해는 하지 말았으면 좋겠다고요. 그렇게 얘기를 하는데 위로가 많이 되더라고요. 이런 분들의 위로가 '힘이 된다'는 거를 많이 느꼈습니다.

저는 사치라고 생각했던 일들이 위로가 된 적이 있었어요. 가족 여행이나 생일 파티 같은 거요. 결혼 기념일을 예로 들면 우리 부부는 기념일을 별로 챙기지 않았어요. 어느 해 가족 여행을 가고 또 생일이라고 모였어요. 유치하지만 행사처럼 했는데 이상하게 위로받는 느낌이 들더라고요. 그걸 안 해서 그랬나? 싶을 정도로요. 별로 중요한 게 아니라고 생각했는데 그 섭섭함이 보이지 않게 좀 쌓였던 것 같아요.

'위로'라는 건 이렇게 평소에 주고받는 거더라구요. 소소한 말을 해주고, 자주 안아주고, 대신 마음을 읽어주는 거요. 이런 것도 위로지만 여행가서 발사진 찍고 바닷길을 나란히 걷는 것도 위로가 되는 것 같아요. 그래서 앞으로는 흔한 경험을 더 해보려고 합니다.

저는 위로를 좇아다녔어요. 그게 뭐든 간에 위로를 받으려고 했어요. 여행을 가고 공연을 보고 미술관을 가면서 끊임없이 돌아다녔어요. 아이에 대한 상황은 회피한 채 저를 위로하려고 방황했지요. 그렇게 위로를 좇아다녔지만 집은 변함없이 그대로였죠. 그런 것들은 잠시 나를 잊게 만들 뿐이지 절대로 위로가 되지 않았어요.

근데 여기 협회에 와서 저와 같은 입장에 있는 엄마들의 얘기를 들으니까 눈이 번쩍 뜨이는 거예요. 어떤 상담 선생님의 말씀보다 이 공간 자체가 그냥 위로인 거예요. 그래서 제가 받은 위로를 저희 아이한테도 느끼게 해주고 싶은 게 지금은 저의 소원이에요.

저희 애 같은 경우에는 그렇게 되더라고요. 자기랑 비슷한 사람들을 보면 스스로 이제 성찰을 해요. 그러니까 다 필요 없고 그 애와 같은 입장에 있는 친구를 만나는 게 좋더라고요. 그 자체로도 충분히 위로인 거예요.

내가 별난 인간이 아니고 이럴 수 있다는 거를 공감받고 위로받는 그게 시작인 것 같아요. 그래서 이런 커뮤니티 즉, 당사자 커뮤니티가 필요하고 중요한 것 같아요.

저는 제 자신한테 투자하면서 위로를 받아요. 그전에는 생각조차 못 했는데 이제 마음의 여유가 조금은 생겼나 봐요. 손톱 관리를 받거나 피부 관리를 받았어요. 저를 위해서 향수도 사고 저한테 투자를 좀 해요. 그러면서 내 만족도 되고 기분도 좀 나아지더라고요.

나한테 투자를 했다는 생각에 스스로 위로를 받고 있어요. 근데 그림책모임을 하는 동안에는 큰 위로를 받지 못했어요. 근데 수업이 끝나고 여기서 얘기를 나누다 보니 조금 해소가 되는 것 같아요.

근데 아직 집 밖을 나왔다는 친구가 없으니 결론이 없는 거잖아요. 그래서 우리 아이는 답이 없는 건가? 끝없는 터널을 가는 건가?라는 생각이 들어요. 그래서 이제 그게 제일 큰 숙제예요.

참고로 그 샘플은 떠나갔거나 아직 많지 않은가 봐요. 성공한 선배들이 남아서 본보기가 되면 좋겠지만 대부분은 그것을 숨겨요. 드러내기 힘든 과거라는 생각인 거죠. 생각해 보면 힘든 이 시간을 견딘 아이라면 어떤 상황이라도 괜찮을 것 같아요. 누구보다 공감하고 배려할 줄 아는 사람일 텐데 말이죠. 우리가 고민해서 풀어야 할 부분인 것 같아요.

제가 그 질문을 엄청 했거든요. 부모 교육 받으러 매주 오면서 '성공 사례가 없잖아, 아무도 없잖아.' 했어요. 그런데 나중에 느낀 게 아이가 일상으로 돌아와도 봉사할 수 있는 마인드가 있어야 된다는 게 핵심이에요. '내가 그 샘플로 여기 존재하면 되잖아.' 그전에는 그런 마인드가 좀 없었어요.

"아이가 취직하면 여기 안 나오죠."

무책임하고 의리없어 보이지만 현실이에요. 그런데 조금 바뀐 게 뭐냐면 이제 우리 아이가 어떤 상황이든 상관없이 후배들한테 도움을 주자. 우리가 배웠던 지혜와 여기서 받았던 사랑을 우리도 좀 나누자고 했어요. 우리 아이가 세상을 살아가는 데 좀 뒷배가 되지 않을까? 하느님은 아시지 않을까? 약간 이런 느낌으로 우리가 만들어야한다는 생각은 좀 하고 있어요

패러다임을 바꿔야 된다고 생각하는 게, 우리가 성공한 사례는 어디 취업을 하고 공무원 시험을 보고 학교를 가고 이걸 생각하는데 저는 좀 아닌 것 같아요. 얘네들이 돈이 안 되는 걸 하더라도 그냥 자기 효용성을 가지고 뭔가를 하면 된다고 봅니다. 집을 나와서 활동을 하는 거 자체가 저는 '목표'라고 생각하거든요.

그래서 우리가 생각하는 기존의 성공 사례가 뭔가를 다시 한 번 재정립할 필요가 있어요. 저도 은연 중에 아이한테 기대하는 게 계속 있는 거예요. 그래서 학교로 돌아갔으면, 뭐 했으면, 이제 운전면허 딴다고 그랬는데, 왜 또 공부를 안 하는지 조바심이 계속 나거든요. 근데 우리가 스스로 생각하는 그 사례가 뭐고 이 목표가 무엇인지를 좀 창의적으로 생각할 필요가 있어요.

우리가 사회의 패러다임을 바꾸는 역할을 하고 있잖아요. 아이들이 어떤 사회에 편입되기만 한다면 성공이다가 아닌거죠. 자신을 스스로 자각하는 그 순간! 그게 저는 성공이라고 생각해요

우리 애가 그래도 2년 전보다 굉장히 성장됐기 때문에 성공했다. 저

는 제 스스로 자평을 하고 있어요. 우리 애가 지금 전화했잖아요. 이것
도 상상 못할 일이었죠. 전화해 주고 엄마 사랑한다고 해주는 것도 저는
성공이라고 생각해요. 제 입장에서는 거의 정상이에요.

우리 아이들이 8시간 근무해서 200만 원 받는 거를 기대하면 안 돼
요. 5시간 근무하고 100만원을 받더라도 가늘고 길게 가자는 거죠. 왜
냐하면 우리 아이들은 지금 공부해서 의대 갈 애들도 아니고 이미 8시
간짜리 열 달 근무하면요, 6개월은 쉬어야 돼요. 안그러면 번아웃이
와요. 체력적으로 안 돼죠.

우리 아이들이 안정적으로 가려면 4시간짜리, 6시간짜리 일하고
10년 가는 게 낫지요. 왜냐면 열 두달 일하고 6개월 1년 쉬면 그만큼
또 퇴보가 되거든요. 저희 아들이 그러잖아요. 제가 보기에 우리 애들
이 일할 수 있는 일자리를 우리가 만들어야 해요. 협업을 해서 창의적
으로 생각하는 게 낫지 않겠나 그런 생각이 들어요.

제 주변에는 사실 은둔이나 그 비슷한 행동을 하는 애들이 없었던
거예요. 그래서 얘기를 하게 되면 우리 애를 전혀 이해하지 못했어요.
그러다가 이제 부모협회에 와서 이렇게 얘기를 하는데 다 수용하시는
거예요. 이해를 하고 그리고 비슷한 상황을 가지고 있던 분이 계셔서
같이 공감대를 형성하게 됐을 때 저는 가장 큰 위로를 받았거든요.

그래서 이런 세계가 있구나! 그래서 진짜 아는 만큼 보이고 내가 사

랑받은 만큼 줄 수 있다는 것도 알았어요. 위로를 받은 만큼 또 다른 사람한테 위로를 줄 수 있는 것 같아요. 또 제가 받은 위로가 있기 때문에 지금까지 올 수 있는 것 같습니다. 감사합니다.

7.
안전
– 은톨이를 기다릴 수 있는 필요충분조건입니다

이번 주제는 '안전'입니다.

모든 관계는 '안전'을 기반으로 형성된다고 봅니다.

안전이 확보되지 않는 환경이라면 자신의 감정을 드러내거나

행동하는 것조차 힘들 것 같습니다.

은톨이들이 가장 힘들어하는 것 중 하나가 이 주제 같습니다.

나는 안전한가? 이 질문을 하지 못해, 마음의 병이 되기도 합니다.

우리도 마찬가지입니다.

"가정이 안정한지?" "사회가 안전한지?" "나 자신은 안전한지?"

이 짧은 질문에 대답이 바로 나오지 않는다면

어떤 행동을 하기는 힘들 것 같습니다.

그렇다면 우리는 은톨이들을 위해 어떤 안전장치를 만들어 주었을까요?

우리 자신을 위해서는 어떻게 살고 있나요?

이번 주제를 통해 그동안 잊고 살았던 고민을 해보면 어떨까 싶습니다.

우리 공동체가 안전을 기반으로 하고 있으니

우리 또한 자유롭게 이야기 나눌 수 있을 것 같습니다.

나도 한때는 안전치 못할 때가 있었어요. 연말이면 약간 불안을 느꼈던 것 같고요. 업무적인 건 만 3년 되니까 안정권에 들어갔는데 업무량이 많이 늘었어요. 회사에 "다 자르려면 잘라라" 배짱은 튕기는데... 경제적인 상태로는 65세까지 안전한 것 같고요. 아들이 은둔했을 당시에는 모든 면에서 안전하지 않았지요. 하지만 내 개인적인 상태도 안전치 못했던 시절이었죠. 돌아보면 가장 불안했던 것 같아요. 조금은 슬프지만 현실적인 얘기지요.

　아들한테도 영향을 미쳤는지 모르지만 그전에 내 삶이 되게 힘들었어요. 성당을 다닐 때인데 주위 엄마들을 보면 진짜 너무너무 잘 사는 거야. 근데 나만 괴롭다 보니까 막 사람이 우울해지고 애들한테도 말이 좋게 안 나가잖아요. 남편도 싫고 몇 년 전까지만 해도 그랬어요. 어제도 그 엄마들을 만났는데 내가 부러웠다 그래요. 그들은 남편도 잘하고 자식도 잘 되었거든요. 나는 이게 뭐야? 맨날 이랬는데 어느 순간 보니까 그 엄마들도 삶이 하나씩은 뒤집어졌더라고요. 그래서 그걸 보면서 인생은 끝이 없는 거구나 생각했지요.

　어떤 사람이 지금은 잘 나가도 어떻게 될지 모르는 거고, 내가 또 이렇게 됐어도 언젠가 더 나아질 수도 있죠. 한 번이라도 내가 할 수 있는 그런 게 오는구나 싶어가지고 꼭 내가 너무 내 자신을 나쁘게 생각하지 말자, 내 자신을 좀 좋게 생각하려고 어제도 다짐하고 왔습니다.

　그러니까 그거를 '자존감'이라 표현했는데 당시에는 비교하느라 자존감이 낮았어요. 그게 자식들한테도 그대로 가고, 오죽하면 나 누구

누구 부럽다. 그랬더니 부러워하지 마라. 각자 사정이 다 있다. 이렇게 얘기를 했는데도 그때는 그걸 이해하지 못했어요.

저는 계속 아들 편에서만 생각을 했어요. 그래서 애는 안전한가? 지금 애는 불안하지 않은가? 이런 생각이 들었는데 나는 안전한가? 이 질문은 진짜 큰 울림을 주네요.

저도 몰랐는데 현실에 있는 나와 이상 속에 존재하는 나가 좀 다르다는 거를 제가 많이 느끼고 있어요. 생각했던 것 이상으로 저는 욕심이 많은 사람이라는 거를 새삼 느끼고 있어요. 그래서 제 딸이 지금 굉장히 잘 하고 있는데도 계속 불안한 거예요. 뭘 더 해야 되는데, 끊임없이 압박을 받고 끊임없이 불안해 하고, 지금 거의 한 달 동안 새벽 6시면 잠이 깨는 거예요.

현실적인 나와 이상적인 나는 갭이 심한 사람이구나. 근데 이게 우리 아들한테도 똑같이 적용되고 있구나 하는 생각이 문득 들었어요. 그리고 제가 사범대를 나와서 교사가 못 되고 교수가 못 됐는데 지금 만나는 친구들은 다 교사, 교수거든요. 그러면서 저는 자괴감을 많이 느꼈던 것 같아요. 돈은 남들보다 조금 더 벌었을지 모르나 속으로는 굉장한 공허함을 느끼고 있었던 것 같아요.

근데 그거를 지금 50이 넘어서 따라잡으려니 굉장한 압박감을 받고 내가 지금도 그걸로 싸우고 있구나. 그래서 내가 되게 불안하다는 걸 느꼈어요.

저희 신랑이 밖에 나가서 친구들 만나 보면 우리 집만 지금 힘들고 우울하대요. 그래서 다른 집은 얘기를 안 했을 뿐이야. '다 똑같다.'고 했더니 이제 조금 느끼는 것 같아요. 남자들은 자기 집 얘기 하는 걸 자기 치부라고 생각해 말을 잘 안하는데 남편이 아들 얘기를 먼저 했대요. 처음엔 아무도 말을 안 하다가 이제 한사람씩 말을 하더래요. 그러니까 우리 집만 이런 게 아니구나! 싶은가 봐요. 남편하고도 조금 얘기를 나누게 되고 관계도 나아지고 있어요.

그리고 신랑이 전화를 하면 애 학교 잘 갔어? 하면서 자꾸 똑같은 거를 물어요. 내가 말하지 않으면 다 잘 된 거니까 묻지 말라고, 나도 약간 그때는 민감한 시기니까 괜히 그냥 잘 갔어요. 할 수도 있는데 그게 너무 반복되니까 나도 날이 서서 왜 자꾸 큰애 얘기를 하냐고 작은애도 있고 나도 있는데... 화를 내게 되더라구요. 애한테 이제 초점을 맞추지 말라고 했어요. 그래서 신랑도 이제 밖에서 들은 게 있는지 좀 달라졌어요.

저도 처음엔 되게 불안했던 것 같아요. 멘탈이 나가니까 보이스피싱도 당하고요. 너무 신경을 쓰다 보니까 대장 쪽에 이상이 생기기도 했어요. 지금은 괜찮지만 그때 주위에서 저를 많이 도와줬어요. 왜냐면 평소와는 다르게 느꼈나 봐요. 저도 애가 계속 집에만 있으니까 아침에 눈 뜨기 싫어! 이런 말도 자주 했던 것 같아요.

근데 지금은 정말 안정적이에요. 이렇게 선배님들도 있고 도움도 받으니까요. 힘들었단 얘기도 편하게 할 수 있잖아요. 저는 지금 작은 미래를 꿈꾸며 살 수 있어 정말 감사하고 행복해요.

결국은 이 질문을 좀 해야 되지 않나 싶어요. 그러니까 안전한지 안 한지를 떠나서 이런 생각을 못했던 것 같아요. 아이가 은둔하던 때는 제 인생도 바쁠 때라 문제가 될 거란 생각을 안한 거죠.

　그땐 잘 나간단 생각을 했기 때문에 좀 더 나갈 거냐, 말 거냐 오히려 이런 게 고민이었죠. 이런 상황이 아이에게 안전한가, 불안전한가에 대한 생각을 못 해본 것 같아요. 우리는 왜 안전에 대한 물음은 없었을까요? 부부 사이에도 물을 수 있잖아요. 너 행복해? 그러면 맛있는 거 먹으면 나 행복해. 이랬던 것 같아요.

　근데 안전은 개인적이고 좀 더 깊은 물음이지 않나 하는 생각이 들어요. 그래서 내가 그땐 안전했을까? 안전했다면 아이가 느꼈을까? 묻게 되네요.

　나 스스로 안전하다고 느껴야 아이를 기다려 줄 수 있는 것 같아요. 그리고 은둔이란 늪에서 나오려면 아이가 안전하다는 생각을 할 때 가능하겠지요. 안전하지 않으면 못 나오잖아요.

　"우리는 안전한가?" 이렇게 물었을 때 아이들이 안전하다고 생각한다면 다행인 것 같아요. 그래서 이번 기회에 나는 안전한가? 우리 집 거실은 안전한가? 아이 방은 안전한가? 이런 질문도 각자에게 한번 해보면 어떨까 싶어요.

　저는 일찌감치 아이를 대학병원 청소년 상담센터, 신경정신과도 데리고 다니고 개인병원도 다니면서 상담 치료도 했어요. 중3 때 애가 학교를 자꾸 지각하고 친구 없이 다녔어요. 그거를 알고부터 거의 4년 동안 방법을 찾아다녔던 것 같아요. 물론 열심히 찾아다니기만 했던 것 같아요. 저 자신은 변하지 않았죠. 난 잘못된 게 없다고 생각했으니까요.

그러다 아이가 대학을 간 뒤로는 중단이 됐어요. 더 다녀봤자 달라질 게 없다고 해서 중단이 됐어요. 아이가 대학 졸업을 하고 나서는 애써 현실을 외면했어요. 저는 저대로 좋아하는 걸 찾으며 살았어요. 여행하고 공부하고 그렇게 한 7년을 살았던 거예요. 코로나 전까지요. 지금 와서 보면 그게 모두 완벽한 회피였어요.

그런 채로 시간은 흘렀고 바뀐 건 하나도 없었어요. 그때는 그게 '안전'이라고 생각했는데 사실 불안전함의 극치였던 거죠. 나만 잘났고 나는 앞으로 열심히 달려가는데 아이는 저기 뒤에서 움직이지 않고 멈춰 있었던 거죠. 나는 내가 좋아하는 걸 했기 때문에 안전하다고 착각했나 봐요. 애하고는 별개로 말이죠. 근데 중요한 건 아이 없는 저는 아무것도 안전할 수 없었어요. 애를 떼어놓고는 상상할 수가 없더라고요.

그래서 지금은 되돌아왔어요. 멈춰 있는 아이를 데리고 같이 움직이려고요. 시간이 얼마나 걸리더라도 같이 손잡고 나아갈 거예요. (모두 박수)

'안전'이라는 단어를 다 이해했는지 잘 모르겠는데 안전하다는 것을 편안하다와 같이 봐도 되나요? 그렇다면 저는 요즘이 제일 편안해요. 원래 남편이 다혈질이고 이기적이에요. 불과 5년 전까지만 해도 이렇게 외출하는 건 상상도 못했거든요. 지금도 제가 모임에 나가는 걸 잘 몰라요. 어떻게 설명해야 되는지 저도 잘 몰라서 말을 안 했어요. 그냥 "친구집에서 자고 올 거야." 했는데 "알았어." 하고 끝났어요.

남편 환갑이 2년 남았으니까 기가 많이 꺾인 거죠. 목소리도 많이 작아지고 기도 많이 꺾여 제 목소리가 커지고 있어요. 그러면서 저도 아이도 조금 편안해지는 것 같아요. 작은 아이도 그전보다는 미세하게 밝아지고 있으니까요. 그리고 지금은 사회복무 중이라 출퇴근하니 마음이 편안해 보여요. 아이도 요즘이 제일 안전하다고 느끼는 것 같아요.

자존감도 올라오니까 제가 하고 싶은 것도 하게 되고 잘 살려고 노력하는 중이에요.

전 삶 자체가 불안했던 것 같아요. 30대 초반에 큰 일을 겪고 예기치 않게 직장을 가게 됐어요. 준비가 안 된 상태에서 직장에 나가니까 사회라는 데가 너무너무 거대하더라고요. 근데 제 자신이 너무 작은 거죠. 뭐 하나 내세울 게 하나도 없는 거예요. 정말 책임감 하나로 적응하려고 무던히 애를 썼던 것 같아요.

그런 상태에서 애들을 키웠으니 얼마나 힘들었겠어요. 그걸 보상받으려고 제 생각과 이성은 또 앞서갔던 것 같아요. 그리고 제가 갖추지 못한 것에 대한 열등의식이 있었죠. 나도 자랑을 좀 해야 되지 않을까? 그런 의식이 너무 앞섰던 거죠. 애들은 마음이 공허하고 힘들고 그랬는데 그거를 보살펴주지 않은 상태에서 제 욕심이 과했지요.

저의 그런 허영심과 불안이 우리 아이들한테 다 전해졌을 것 같아요. 지금 생각해 보니 내 삶 자체가 불안정했기 때문에 그 영향을 받았구나 싶어요. 그런 상태에서 우리 둘째가 숨으니까 너무너무 미웠어요. 저는 진짜 아이를 미워했어요.

이제는 생각을 바꿨어요. 그래 둘 다 아파할 수 있었는데, 하나라도 자기 길 가줘서 진짜 고맙네. 그렇게 생각이 바뀌었어요. 우리 둘째는 정말 저를 많이 닮았더라고요. 하나에서 열까지 모두요. 근데 너무 닮으니까 싫었나 봐요. 생각해 보니 내가 싫어하는 건 아이도 싫어할 것 같았는데 진짜 100%로 맞는 거예요. 얘기도 길게 하면 좀 차단해 버리는 게 있어요. 이제 애를 보면서 저를 많이 돌아보게 되었어요.

그리고 이제는 내가 편하면 애도 편하다고 일체화시켰던 것도 분리하게 되더라고요. 너는 너의 삶이 있고, 나도 나의 삶이 있다. 어떻게 사람이 모두 같은 형태로만 사나요? 늦게 갈 수도 있고 빠를 수도 있잖아요. 그래 너는 너대로 살아갈 수 있구나! 라고 생각해요.

지금은 많은 부분 인정을 하니 제 마음도 편안해졌어요. 닥치지 않은 일에 대한 걱정도 하지 않기로 했어요. 그래서 그냥 편안해요. 모두 여러분 덕분입니다. 감사합니다.

8.
글쓰기
- 내 삶을 돌아보고, 발전하고, 성장시키는 작업입니다

더 많은 주제가 있었지만 시간 관계상 마지막으로
이번 그림과 글쓰기수업에 대한 이야기로 마무리를 하려고 합니다.

살면서 그림을 그린다거나 글쓰기 할 기회를 만나기란 쉽지 않습니다.
더군다나 은톨이를 키우는 입장에서는요.
하지만 이렇게 만났고 서로 성장하는 과정이니 얘기 나누고 싶습니다.

처음에는 호기심과 의무감에 뭐라도 해야겠기에 시작했으리라 봅니다.
모든 것에 지쳐 무엇을 한다는 게 쉬운 일이 아니었을 겁니다.
그래도 책에서 방법을 찾으려 하고 강의나 부모교육을 들으며
노력하시는 분들이니 충분히 가능할 거라 생각했습니다.

단순해진 삶에 색을 입히고 생각이 마비될 시점에 책을 읽고
글을 쓴다는 건 가장 빠른 자기와의 조우라고 생각됩니다.
바쁜 시간 쪼개어 수업을 하고 이렇게 인터뷰까지 하게 되어
너무 멋지다는 말씀드리고 싶습니다.
마무리라 생각하시고 짧게나마 의견 나누어 보겠습니다.

이번 그림책쓰기, 작년 글쓰기 수업도 그렇고 나를 돌아보면서 성장하는 계기가 되었어요. 그리고 다른 사람의 이야기를 들으면서 고개가 끄덕여지고 공감이 많이 되었어요.

처음에는 그림을 그린다해서 망설였는데 하다 보니까 어떤 의무감이 또 생기더라고요. 열심히 수업을 받으면서 느낀 것도 많고 나름대로 즐거운 시간이었답니다.

저도 재능 기부를 하며 여러분의 재능을 발견했지요. 살아있는 글쓰기도 좋았고 그림도 잘 그리고, 끝까지 함께 해주셔서 너무 감사했어요. 처음에는 자극이 되지만 반복이 되면 흥미가 사라지잖아요. 그래서 다음에는 심화 수업처럼 1, 2, 3단계, 이런 식으로 지속적인 글쓰기와 개인적인 프로그램도 짜보고 싶은 욕심도 생기네요.

글쓰기 수업이 독서 모임하고는 좀 다른 것 같아요. 독서 모임이 마음을 두드리는 작업이라면, 글쓰기 수업은 나를 정확하게 들여다보는 계기가 되는 것 같아서 좋았어요. 부모협회에 와서 처음 해보는 게 많아요. 독서모임이 저의 사고를 자극시켰다면 글쓰기 수업은 나를 찾는 계기가 되었어요. 혼자서는 할 수 없는 성장이지요. 물론 지금도 어리버리하지만 그래도 천천히 따라만 가려구요. 제 실력이 부족한 게 부끄럽기는 하지만 함께라면 할 수 있을 것 같아요.

어떻게 보면 뭐 이렇게 많이 할 것도 아니었어요. 더 즐겁게 수업하면 좋았겠지만 각자 바쁘다 보니 수업이 좀 빨리 진행될 수밖에 없었어요. 결과를 내야 하니 주제에 대한 얘기를 나눌 시간은 좀 부족했던 것 같아요. 그래서 오늘의 생각나누기가 정말 소중한 것 같습니다.

그리고 이게 10회짜리 수업으로 하기엔 깊이 있는 프로그램이에요. 왜냐하면 글을 쓰고 이야기 나누고 그림까지 그려야 하잖아요. 만약 이야기 나누는 시간까지 갖는다면 부족한 감이 있어요. 3시간 넘게 걸리면 피곤해서 그 다음 주에는 못 나왔겠지요. 부족하지만 이번 수업은 이 정도에 마무리하고 앞으로의 기회를 기다려 봅니다.

내년에는 좀 더 긴 얘기를 쓰는 자서전을 하면 좋겠어요. 지금 같은 형식도 좋지만 우리가 정리하지 못했던 '우리 이야기'가 많잖아요. 상대방의 글을 읽으면서 정리가 되는 느낌은 확실히 있는 것 같아요. 결국 그 얘기를 하고 싶은 건데 내 언어로는 못하잖아요. 또 내 감정을 못 전하는데 다른 분이 그런 얘기를 써서 해주니까 너무 좋고 진짜 힐링이 되고 위로가 되었어요. 그리고 '내가 너무 잘 살고 있다.' 이런 느낌을 저는 많이 받은 거예요.

어디 가서 이런 얘기를 해요. 돈 많이 내고 하는 수업은 있어도 우리가 기부하고 글 쓰는 프로그램은 잘 없거든요. 그러면서 편하게 얘기 나눌 수 있는 곳이니 다행인 거죠. 좋은 점보다는 발전적인 얘기를 더 하고 싶네요.

우리 아이도 사실은 은둔 못지 않은 고민이 많은데 '부모들 책이 되게 도움이 된다.' 이런 얘기를 해줘서 좋았어요. 이런 작업들을 여기서 시작했지만 어딘가에 가서도 글을 쓸 수 있는 기회가 되지 않을까 싶어요. 내가 써봤기 때문에 다른 사람의 글을 읽을 때 훨씬 더 공감을 할 수 있어서 너무 좋았습니다. 앞으로도 계속 참여하고 싶어요.

처음에는 그림책 수업이라고 해서 쫄았어요. 그림 그린 지가 중학교 이후로 처음이거든요. 그림을 못 그려도 된다고는 했지만 그래도 색칠을 나름 열심히 했죠. 그런 그림조차도 칭찬을 해주니까 기분이 좋았어요. 저는 아쉬웠던 점이 시작할 때 주제에 대한 이야기를 많이 나누고 시작했으면 했어요. 또 그림을 마무리하면서 나오는 이야기들도 좀 부족했던 것 같아요. 아무래도 그림 그리는 데 집중을 하다 보니까 시간이 많이 흘렀던 것 같긴 하죠. 또한 이야기를 나누면서 소통하는 시간이 제겐 필요했던 것 같아요. 기회가 된다면 오늘 같은 시간을 많이 가지고 싶단 생각이 듭니다. 감사합니다.

작년에도 글쓰기 하면서 우리 이야기를 3시간씩 했어요. 근데 이번에는 그림을 그리느라 서로 나누는 시간을 빼버리다 보니까 감동은 조금 덜한 것 같아요. 결국 같은 이야기지만 우리의 시간이 부족했던 거에요. 책으로 나오면 어떤 기분일까? 기대도 되네요. 다하지 못한 이야기들이 그림으로 남아 있을 것 같아 두고두고 볼 것도 같아요.

아마 책을 보시면 느끼실 것 같아요. 이번에 인터뷰한 게 너무 좋잖아요. 그럼에도 불구하고 저는 매주 기대를 가지면서 나왔어요. 어떤 주제로 글과 그림을 그릴까 하고요. 잊었던 어린 시절도 불러오고 무심히 지나쳤던 나를 돌아보는 시간이었던 같아요. 늘 바쁘다고 노래를 불렀는데 이런 글쓰기 수업이 있어 잠시나마 나를 붙잡아 둘 수 있어서 좋았어요.

내년에는 어떻게 될지 모르지만 다른 재미난 수업으로 또 만나길 기대해 봅니다. 저는 계속 성장하고 싶거든요. 우리 모두 같은 마음 아닌가요?

시간이 늦어지니 얼굴 색이 변했어요. 밤새 얘기해도 끝날 것 같지가 않네요. 각자 할 말이 엄청 많은가 봐요.

매주 나에 대해 집중할 수 있는 주제를 주셔서 그림을 그렸잖아요. 그래서 내가 이런 생각을 했었지? 이런 게 있었나? 하면서 반성할 수 있는 기회가 되었던 것도 좋았어요. 짜투리로 이제 아이에 대한 얘기를 나누면서 똑같은 고민을 하네. 비슷한 경우가 많네. 하면서 그런 살아있는 얘기를 들을 수 있으니까 그게 위로가 됐던 것 같아요.

혼자서 고민하거나 막막했을 얘기를 같이 나눌 수 있어서 도움도 많이 됐어요. 어떻게 접근하면 좋을지 몰랐던 순간에도 여러분이 많은 도움을 주셨어요. 이 수업을 하지 않았다면 후회했을 것 같아요. 고맙다는 말을 못했는데 이 자리를 빌어 고마움을 전합니다. 제게 위로와 격려가 많이 되었던 수업이었습니다.

글쓰기와 독서는 나이 들어서까지 꾸준히 할 수 있는 일이라고 하더라고요. 감사일기를 쓰면서 처음에는 사실 끝까지 못 했어요. 처음에는 몇 번 쓰다가 말았고, 두 번째는 조금 더 많이 했어요. 근데 세 번째는 한 번도 안 빠뜨렸어요. 그래서 뭐든지 지속적으로 할 수 있는 그런 힘이 진짜 있구나 해서 저도 좀 놀랐어요. 글쓰기도 꾸준히 하는 게 좋은 거구나! 그걸 체험하게 되었던 정말 소중한 시간이었어요.

은톨이 엄마도
행복합니다

오수영
협회 회원

"당신은 충분히 멋지고 아름답습니다."

"지금 행복해도 괜찮습니다."

책을 정리하면서 가장 먼저 하고 싶었던 말입니다.

엄마들은 텅 빈 마음으로 힘든 시간을 보냈습니다. 힘들다 투정부리고 싶어도 어디 마땅한 곳이 없었습니다. 혼자서 감당하느라 얼마나 속상했을지 짐작이 갑니다. 힘든 마음이 모두 사라진 줄 알았는데 글쓰기를 하며 기억해내곤 깜짝 놀라기도 하고 잠시 쓸쓸해하기도 했습니다.

이 책은 엄마들의 성장 분투기입니다. 은톨이 엄마들의 보이지 않는 노력과 눈높이를 맞추기 위해 지하 100층까지 내려갔던 경험을 바탕으로 하고 있습니다. 그러니 자녀가 은둔 초기라 당황하실 부모님과 은둔이 익숙해 외면하고 싶은 부모님에게도 이 책은 다시 시작할 용기와 희망을 줄 것입니다. 엄마들의 글은 뭉툭하지만 솔직한 경험이 담겨 있어 긍정적인 에너지도 받으실 수 있습니다.

은톨이 엄마라고 모두 우울하지는 않습니다. 여기 함께 한 엄마들은 우울하기보다는 감사함을 선택했습니다. '감사일기'를 통해 매일 자신을 만났습니다. 엄마로 살지만 엄마 아닌 세상도 알게 되었습니다. 세상과 교류하고 성장하고 싶어하는 나를 만났습니다. 우리 자녀만 문제있다고 생각했는데 세상에는 문제 아닌 게 없었습니다. 그래서 은톨이 자녀를 문제로 보지 않고 있는 그대로 보려고 노력했습니다. 자녀가 소리를 질러도, 새벽에 외출을 해도, 대화를 거부하고 숨어도, 현실과 동떨어진 얘기를 해도 말입니다. 어쩌면 자녀를 이해하지 못하는 건 남이 아니라 우리 자신일 수 있습니다. '감사일기 쓰기'를 통해 많은 부모님들은 차분함을 배우고 예민한 자녀들의 주파수에 맞는 수신기를 장착하였습니다. 진짜 감사한 일입니다.

예민한 자녀를 둔 부모도 예민합니다. 그래서 자녀의 예민함을 부정하고 싶을지도 모릅니다. 감수성 많고 조용한 부모들도 많습니다. 본인은 자신을 잘 데리고 사니까 과거는 잊은 것 같습니다. 그건 경험으로 능숙해진 것이지 예민하고 민감함이 사라진 게 아닐 겁니다. 예전과는 다르게 지금 자녀들은 숨을 곳이 없습니다. 눈 먼 시간도, 눈 먼 장소도 없이 오로지 밝아야만 하고 투명하길 바라는 세상입니다. 그러니 자녀들은 갈 곳이 없습니다. 숨어서 생각도 하고 현실도 살아야 하는데 모두 발가벗겨지는 세상에서 방법을 잃었습니다. 그러니 다시 한 번 생각해봐야 합니다. 투명하다고 밝다고 모두 다 좋은 것만은 아니란 사실을 말입니다.

은톨이들은 자신들만의 언어가 존재합니다. 그래서 은톨이들을 위한 번역이 필요합니다. 방안에서 하는 은톨이의 말은 가족에게 잘 들리지 않습니다. 방문이 꽝 닫히고, 문을 잠그고, 방문이 살짝 열리고, 방문을 두드리는 동작, 모두는 말이고 대화입니다. 하지만 우린 함부로 알아듣고 멋대로 해석하는 오류를 범합니다. 은톨이들은 방안에서 신호를 보내지만 가족들은 무슨 뜻인지 알아듣지 못합니다. 몇 년을 기다려도 말입니다. 기다리다 지친 사람은 사실 은톨이들일지 모릅니다. 우리는 밖으로 나가 생활하지만 은톨이들에게 세상은 방이란 작은 우주가 전부니까요. 그러니 우리 모두가 나서서 그들의 말을 통역하고 알아들으려 노력해야 합니다. 방문을 '꽝' 닫을 때도, 새벽에 방문을 몰래 열 때도, 자녀는 힘든 시도를 하고 있는 것입니다. 모기 소리만큼 작다고, 알아듣지 못한다고 화내지 말고, 천천히 배워야 합니다. 왜냐하면 은톨이들은 우리가 알아듣고 대답하기를 기다릴 테니까요.

은톨이가 사는 방에는 우리가 모를 중력이 존재하는 것 같습니다. 하루종일 침대에 묶여있어야만 하는 희귀병, 중력이 아래로만 존재하지 않고 한 공간에 갇히는 힘도 존재할 것 같습니다. 그렇지 않고서야 어떻게 자신을 가둘 수 있을까요? 때로는 본인도 느끼지 못할 만큼 시간이 빠르게 흐르고 몇 년이 흘러도 몇 달로 인지되기도 합니다. 가을인지 겨울인지 뭐가 중요할까요. 은톨이가 사는 세계에는 계절도 시간개념도 중요하지 않습니다. 우리가 은톨이 부모라면 공간과 시간개념을 확장할 필요가 있습니다. 한 아이를 키우는 데는 온 마을이 필요하다고 합니다. 그렇다면 우리 은톨이들을 키우는 건 한 세계를 이해하는 것 만큼 어려운 일 같습니다. 그래도 함께 한다면 우린 할 수 있습니다.

은톨이에게 해방은 산소같은 사랑입니다. 그런데 해방은 은톨이가 아니라 우리 엄마들에게 필요한 것 같습니다. 엄마들은 자신이 갇힌 줄도 모릅니다. 방문을 사이에 두고 누가 누구를 가둔지도 모른 채 답답해서 지고 말았습니다. 정신을 차려야 합니다. 진짜 필요한 건 엄마들의 해방입니다. 엄마인 자신이 은톨이를 가두었다는 착각, 엄마가 모두 해결할 거라는 자만심, 엄마도 갇히고 싶다는 절망감 등 엄마란 역할에 묶여 필요한 게 무엇인지도 모르고 사는 건 아닌지 궁금합니다.

잠시라도 마음을 가볍게 먹고 모든 것으로부터 자유로워져야 합니다. 그럼 알게 됩니다. 어쩌면 나를 가둔 게 나일 수도 있다는 사실을 말입니다. 이런 작은 생각이 곧 해방이 될 수 있다고 생각합니다. 은톨이는 갇힌 게 아닙니다. 자신을 잠시 안전한 공간으로 데려 간 것입니다. 산소가 부족하면 산소탱크에 들어가듯 그들도 방안에서 자신을 치료하는 중일 겁니다. 그러니 우리가 할 수 있는 일은 은톨이들에게 사랑을 공급하는 일입니다. 흔한 산소만큼이나 많은 사랑이 필요합니다.

엄마들은 이제 행복하기로 했습니다. 행복은 우리 삶의 순간들을 주워 담는 일입니다. 힘없이 널브러져 있을 때도, 아등바등 살려고 애를 쓸 때도, 무엇도 할 수 없어 멈춰 있을 때도 놓치지 않고 주워담아 살피는 일입니다. 그건 여기 은톨이 엄마들만의 일은 아닐 겁니다. 세상 모든 엄마들의 숙명입니다. 예쁘고 신나고 아름답고 멋질 때만 존재하는 게 아니라 그 어떤 순간에도 함께 하고자 애쓰는 존재들 말입니다. 끝으로 이 책《은톨이 엄마들의 해방일지》를 통해 다양한 해방을 꿈꾸는 엄마공주님들에게 우주만큼 큰 사랑을 보냅니다.

2024년 12월 해방을 꿈꾸며

은톨이 엄마들의 해방일지

2024년 12월 16일 초판 1쇄 발행

저자	한국은둔형외톨이부모협회
교정·윤문	전병수

발행인	전병수
편집·디자인	배민정
표지 디자인	은희주

발행	도서출판 수류화개
	등록 제569−251002015000018호 (2015.3.4.)
	주소 세종시 한누리대로 312 노블비지니스타운 704호
	전화 044−905−2248
	팩스 02−6280−0258
	메일 waterflowerpress@naver.com
	홈페이지 http://blog.naver.com/waterflowerpress

값 16,000원
ISBN 979−11−92153−21−6 (03800)